Geschichten aus dem Paradies

Für alle, die damals nicht dabei waren

Norbert Wickbold

Geschichten aus dem Paradies

Für alle, die damals nicht dabei waren

1. Auflage
Copyright © 2020 by Norbert Wickbold
Layout, Umschlaggestaltung und Illustration: Norbert Wickbold
Titelfoto: Aufgenommen im Sonnentempel im Giardini La Mortella, Ischia
Korrektorin: Irene Wickbold
Verlag & Druck: tredition GmbH, Halenreie 40-44, 22359 Hamburg

ISBN: 978-3-7469-8244-1 (Paperback)
ISBN: 978-3-7469-8245-8 (Hardcover)
ISBN: 978-3-7469-8246-5 (e-Book)

Bibliografische Information der Deutschen Nationalbibliothek:
Die Deutsche Nationalbibliothek verzeichnet diese Publikation in der Deutschen Nationalbibliografie; detaillierte bibliografische Daten sind im Internet über http://dnb.d-nb.de abrufbar.

Inhalt

Vorwort

Vielleicht ruft der Titel in Ihnen die Frage wach: Wie kam es zu diesem Buch? Die hier zusammen gestellten Texte sind eine Auswahl aus den 50 bisher veröffentlichten Denkzetteln. Immerhin nehmen zehn von ihnen mehr oder weniger Bezug auf die biblische Schöpfungsgeschichte (Genesis). Die Sammlung wird ergänzt durch einen Auszug aus meinem Roman: *Die Wiederkehr der Morgenlandfahrer,* worin ein Weiser seinen Freunden die Geschichte von Jonas erzählt. Ein kleines Gedicht bildet den Abschluss.

In den ersten Schuljahren hatten wir das Fach: biblische Geschichte. Für mich war das ein interessantes Fach, denn es war wirklich ein Geschichtenerzählen. Ich lernte nicht nur die Geschichten aus dem Alten Testament, sondern auch das Geschichtenerzählen selbst kennen. Denn das konnte unser Lehrer wirklich sehr gut. Er trug sie so lebendig vor, dass sie in mir einen tiefen Eindruck hinterließen. Ich erlebte alle diese Episoden als das, was sie eigentlich auch sind: Erinnerungen aus dem kollektiven Gedächtnis der Menschheit. Geschichten, die aus der Zeitlosigkeit, wie Träume zu uns in unsere Zeit herüber geschwebt sind. Geschichten, die so klar und doch so widersprüchlich sind. Es ist nicht einmal klar, ob das, was einst von unbekannter Hand niedergeschrieben wurde, unbedingt als der wichtigste Teil der Geschichte aufgefasst werden sollte.

Vielleicht liegt deren größte Aussagekraft eher in der Art und Weise, wie die Geschichte vorgetragen wurde, und möglicherweise gerade in dem, was nicht erzählt wurde. Je weiter die Ereignisse zurückliegen, desto weiter liegen auch die eigentlichen Botschaften in dem uns Verborgenen, in dem, was uns verschwiegen wurde.

> *Was auch geschah, was auch geschieht,*
> *was immer auch geschehen wird –*
> *was immer kam*
> *und was dich mied,*
> *was kommen, was dich meiden wird:*
> *nimm auch das Nichtgeschehene*
> *als das Erfüllte an,*
> *denn erst das Ungeschehene*
> *macht das Geschehen dann...*
>
> Jean Gebser

Gerade in diesen uralten Geschichten, die uns Heutigen so fern, unrealistisch, unwirklich, geradezu naiv bis primitiv erscheinen, verbirgt sich noch mancher, bis heute ungeborgener Schatz. Die offiziellen Deutungen der Kirche haben uns den Zugang dazu nur unzureichend verschafft, vielmehr haben sie ihn uns oftmals eher versperrt oder gar verschüttet. Heute kann in dieser Angelegenheit jeder selbst auf Spurensuche gehen, um die alten Geschichten und damit einen Teil von sich selbst besser oder ganz neu zu verstehen. Nun können wir gedanklich und gefühlsmäßig in diese alten Geschichten eintauchen und uns überraschen lassen, mit welchen Erkenntnissen wir daraus wieder auftauchen. So darf es nicht verwundern, dass selbst der Titel des Buches diese zweideutige Offenheit und Unbestimmtheit birgt. Denn selbstverständlich sind wir alle dabei gewesen: bei der Schöpfung, im Paradies und bei der Sintflut. Und wer hat nicht schon für eine Weile im dunklen Leib eines riesigen Fisches gesessen? Diese Geschichten, mögen sie auch noch so alt sein, können und müssen immer wieder neu erzählt und gehört werden. Also lade ich Sie ein, einfach mal zuzuhören!

Die Beschäftigung mit diesem Stoff kann durchaus zu einer humorvollen Betrachtung anregen. Das sollte auch für den Gläubigen kein Widerspruch sein. Denn was man davon glauben will, kann ja jeder für sich selbst entscheiden. Zumal die Schöpfungsgeschichte stets anders erzählt wird, kann keiner den Anspruch erheben, die Wahrheit zu wissen. Denn wahr sind sie allesamt. Und wenn es Ihnen das eine oder andere Schmunzeln entlocken konnte, war es doch lesenswert. So wünsche ich Ihnen liebe Leserin, lieber Leser, viel Spaß beim Lesen dieser, des Glaubens würdigen Geschichten,

Ihr *Norbert Wickbold*

Geschehen noch Zeichen und Wunder?

oder dürfen wir uns über gar nichts mehr wundern?

Heilkunst und FarbenPracht©

Geschichten aus dem
Paradies

Denkzettel Nr. 28 aus *Denkzettel – Die dritte Staffel,*
Erste Auflage 2017

Geschehen noch Zeichen und Wunder? Oder dürfen wir uns über gar nichts mehr wundern?

Als wir Kinder waren, freuten wir uns immer, wenn wir mal zwanzig Pfennig geschenkt bekamen. Das gab eine Überraschung, denn davon kauften wir uns eine Wundertüte. Jeder steckte seine Nase rein, denn wir waren alle gespannt, was darin zu finden war. Heute gibt es kaum noch Wundertüten, dafür kann man überall Postkarten mit dem Spruch kaufen: Das Leben ist wie eine Wundertüte, man weiß nie, was drin ist. Natürlich, wenn man nicht reinschaut, weiß man das auch nicht. In dieser Hinsicht kann man die Forscher bewundern. Die wollen immer genau wissen, was drin ist. Das mit den Wundern ist schon wieder ein Paradoxon. Geht man davon aus, dass es wirklich Wunder gibt, dann gibt es auch Wunder. Geht man davon aus, dass es keine Wunder gibt, dann gibt es auch keine.

So manche Wissenschaftler gehen davon aus, dass die Welt völlig wunderfrei sei. Das ganze Universum haben sie zur wunderfreien Zone erklärt, die obendrein noch gottlos sei. Nach den Erklärungen dieser Wissenschaftler hat es noch nie irgendein Wunder gegeben und es wird auch niemals Wunder geben. Diese Welt sei ganz ohne Wunder und ohne Zutun Gottes irgendwann einfach da gewesen, obwohl sie vorher

13

noch gar nicht existierte. Die Welt hat sich jedoch nicht etwa klammheimlich in diese Welt begeben, sondern ist mit einem riesigen Knall entstanden. Das Nichts hat zufällig einen Knall gemacht und dann war die Welt einfach da. Und mit ihr waren all die Gesetze geboren, an die sich das ganze Universum fortan ausnahmslos gehalten hat. Deshalb konnte diese wunderbare Entstehungs-»*Theorie von allem*« auch völlig ohne Wunder auskommen.

Und wir anderen, die nicht Wissenschaftler sind, müssen auch ohne Wunder auskommen. Oder geschehen heute doch noch Zeichen und Wunder? Manchmal machen auch die schlauen Wissenschaftler Urlaub. Sind sie wieder da, ist das Wunder geschehen! Wenn das kein Zeichen ist. Da staunt der Laie und der Fachmann wundert sich – eben nicht! Jene wundern sich über gar nichts mehr.

Als kleiner Junge habe ich mich noch gewundert. Eines Abends spielte ich vorm Einschlafen im Bett mit einer Erbse. Plötzlich war sie in einem meiner Nasenlöcher verschwunden. Als ich am nächsten Morgen aufwachte, kam die Erbse aus meinem Ohr wieder heraus. Das war für mich ein Wunder. Damals wussten wir, wenn abends die Glocken läuteten, dann war es 18.00 Uhr und wir mussten zum Abendessen nach

Hause kommen. Das war das Zeichen. Als Kinder hatten wir gelernt, darauf zu achten. Später habe ich es verlernt, auf dieses Zeichen zu achten. Und auch auf all die anderen Zeichen, die es in meinem Leben gab, achtete ich nicht. Da war es kein Wunder, dass bei mir keine Wunder passierten. Vieles hätte einfacher sein können, wenn ich auf die Zeichen geachtet hätte. Stattdessen erlebte ich oft genug mein blaues Wunder. Und wenn ich manchmal doch auf ein Zeichen achtete, dann geschah tatsächlich etwas, was für mich wie ein Wunder war.

> *„Nähmen wir immer als Hinweis, was weise*
> *sich so zurechtrückt, dass unser Blick es gewahre.*
> *Wie vieler Leben wäre dann ganz – und nicht Reise.*
>
> Jean Gebser

Aber meist überhörte oder übersah ich das Zeichen einfach. Manchmal spürte ich es ganz deutlich: Das war jetzt ein Zeichen. Aber ich schlug es in den Wind. Weil ich keinen Umweg machen wollte. Ich wollte selbst bestimmen, wie es weiter gehen sollte, obwohl ich oft gar nicht wusste, wie es weitergehen könnte. Und dann wurde mein Leben richtig umständlich und anstrengend. Das Ausschlagen des Zeichens war der Anfang von all dem Chaos in meinem Leben. Wenn ich schließlich gar nicht mehr weiter wusste und

glaubte, bald im Chaos zu versinken, sagte ich mir: Jetzt kann mir nur noch ein Wunder helfen!

Es gab einmal eine Zeit, in der die Menschen wirklich noch an Wunder glaubten und das Wünschen auch noch geholfen hatte. In biblischen Zeiten geschahen Wunder über Wunder. Gott wirkte Wunder, zum Beispiel durch die Teilung des Roten Meeres, wodurch die Israeliten trockenen Fusses das rettende Ufer erreichen konnten. Moses konnte mit göttlicher Hilfe wahre Wunder vollbringen, wie Wasser aus einem Felsen entspringen oder Manna vom Himmel regnen lassen. Mich hatte es sehr verwundert, als ich las, dass Abrahams Frau Sarah mit 90 Jahren das erste Mal schwanger geworden sein sollte. Und wie viele Wunder vollbrachte Jesus! Die Wunderheilungen zum Beispiel. Sogar Tote wurden unter seinen Händen wieder lebendig. Und die wahrhaft Wundergläubigen konnten von schweren Krankheiten befreit werden. Dein Glaube, hat dich geheilt, sagte Jesus. Es ist der Glaube daran, wirklich geheilt zu werden, der das Wunder ermöglicht. Damals und heute.

»Das Wunder ist des Glaubens liebstes Kind.«
Goethe

Wie viele Male bin als Kind hingefallen und hab' mir dabei die Knie blutig geschlagen, Wie schnell

war davon nichts mehr zu sehen? Wundert sich niemand darüber, dass eine Wunde scheinbar von selbst heilt? Gesetz ist nun mal Gesetz, sagt der Experte, und das gilt erst recht für die Naturgesetze. Da könne nicht einfach ein Gott daherkommen und die Gesetze einfach aussetzen, um ab und zu mal eben ein Wunder geschehen zu lassen. Selbst wenn die kosmische, wie auch die menschliche Evolution ganz ohne Wunder ausgekommen sein soll, so ist die Sprache voll von Wundern. Weshalb gibt es so viele Wörter für etwas, was es nicht gibt? Es wäre gerade so, als gäbe es etwa in der Wüste eine Fülle von Wörtern für verschiedenste Baumarten. Manchmal sieht man eben den Wald vor Bäumen nicht. Die Wissenschaftler, die uns so wunderbare Geschichten von den Wundern der Schöpfung erzählen – und dafür natürlich bewundert werden wollen – merken nicht einmal, wie viele Wunder sie uns beschreiben. Das ist wahrhaft wundersam. Dabei ist es gerade die Fähigkeit, sich zu wundern, die die Menschen seit jeher inspiriert und angetrieben hat, sich auf wunderbare Weise weiter und weiter und vor allem höher zu entwickeln? Nur wer sich wundert, ist bestrebt, die Dinge zu hinterfragen. Schon Adam und Eva wollten nicht nur Gottes Wundertaten bestaunen, sondern sie wollten erkennen. Zunächst sich selbst. Sofort wurde ihnen klar, wie wenig sie über sich wussten. Sie erkannten, wie wunderschön sie waren.

Vielleicht ist die Schlange, die sich windet und so zur Erkenntnis führt, eine neue Windung im Wunderwerk des menschlichen Gehirns? Ich habe mich immer gewundert, dass die ersten Menschen auf andere Menschen stoßen konnten, von denen sich Kain dann eine wunderschöne Frau ausgesucht hatte. Erst durch ihr Bestreben, sich zu wundern, wurden Adam und Eva wirklich zu Menschen. Sie waren vielleicht nicht die ersten Menschen auf Erden, aber die ersten Menschenkinder, die das Bewusstsein vom wunderbaren göttlichen Funken in sich trugen. Kein Wunder, dass es sie in die Welt hinaus trieb, um selbst Wundertaten vollbringen zu können.

Wie oft haben wir aufgehört, uns zu wundern. Mir geht es jedenfalls so. Immer wenn ich nicht mehr Herr der Lage war, wünschte ich mir, dass ein Wunder geschehe. Wenn ich jahrelang nicht auf die Zeichen geachtet habe, die mir mein Körper gegeben hat und schließlich krank geworden bin, hoffe ich auf einen Wunderdoktor, der mir ein Wundermittel gibt, dass mich retten soll. Ich träume mich in ein Wunderland. Manchmal wünsche ich mir eine Wunderlampe, an der ich nur zu reiben brauche, damit ein gefälliger Geist allein für mich die größten Wunder geschehen lässt. Klingt wie im Märchen. Im Märchen gilt es in einem Zauberwald eine Wunderblume zu finden. Weil die

Märchen scheinbar voller Wunder sind, träume ich mich gerne in diese Welt, in der scheinbar alle Wünsche und Wunder wahr werden. Doch auch im Märchen fliegen die Schätze den Helden nicht einfach zu. Sie müssen Prüfungen bestehen und sind diejenigen, die die Zeichen richtig deuten. Nur deshalb sind sie, zwar mit Mühen, aber als Einzige erfolgreich. Weil ich weder auf Zeichen achtete, noch bereit war, weitere Mühen auf mich zu nehmen, glaubte ich lange, dass in meinem Leben weder Märchen noch Wunder Platz hätten. Damit war ich nicht allein. Und dennoch sang Zara Leander:

»Ich weiß, es wird einmal ein Wunder gescheh'n und dann werden tausend Märchen wahr.«

Es ist der Glaube, der Wunder und Märchen wahr werden lässt. Nicht durch einen Knall, der unverdienten Reichtum über uns ausschüttet. Wunder sind wunderbare Lösungen für Schwierigkeiten, die zuvor nicht lösbar schienen. Wenn etwas, wie ein unlösbarer Knoten gelöst, und befreit werden kann, dann erleben wir doch ein wahres Wunder! Es ist wie im Märchen, wenn der Bann gelöst und der Geplagte erlöst wird. Wunder heilen Wunden und bringen die erlösende Wendung. So ist´s.

Sind wir von allen guten Geistern verlassen?

oder haben

wir sie

verlassen?

Heilkunst und FarbenPracht©

Geschichten aus dem Paradies

Denkzettel Nr. 11 aus *Denkzettel – Die zweite Staffel,*
Erste Auflage 2016

Sind wir von allen guten Geistern verlassen?

Oder haben wir sie verlassen?

Als ich 28 Jahre alt wurde, sagte man mir, dass mich nun mein Schutzengel verlassen würde. Bis hierher habe er mir treu gedient und mir stets geholfen. Von nun an müsse ich alleine klar kommen. Ich fand das ziemlich unfair. Schließlich war ich gerade in die größte Katastrophe meines Lebens geschlittert. Und da wollte mich mein Schutzengel alleine lassen? »Ein schöner Freund ist das«, dachte ich. Und überhaupt, wo war denn mein Schutzengel bisher gewesen? In wie viele Katastrophen hatte ich mich schon reingeritten. Nirgends hatte mein Schutzengel bereitgestanden, mich vor der drohenden Gefahr zu warnen. Nirgends hatte er mir einen einfacheren, bequemeren Weg oder überhaupt irgend einen Ausweg gewiesen. Aber vielleicht war das ja so einer wie bei Alexis Sorbas: »*Ich hab' noch nie eine Brücke so schön einstürzen sehen!*« Das ich nicht lache! Na ja, an einstürzende Neubauten konnte sich mein Schutzengel bei mir wirklich sattsehen. Da wurde ihm einiges geboten. Dann hat wenigstens einer seinen Spaß gehabt. Ich fand das jedenfalls nicht lustig. Von mir aus sollte *der* Schutzengel bleiben, wo der Pfeffer wächst. Und tatsächlich, nachdem der weg war, ging es allmählich aufwärts mit mir. Die ersten 28 Jahre

fehlten mir natürlich. Da war nichts mehr zu machen. Wo andere es schon zur ersten Erbschaft, zur zweiten Frau, zum dritten Kind, zum vierten Haus, zum fünften Auto und zur sechsten Weltreise gebracht hatten, gelang es mir jetzt tatsächlich, den zweiten Stein auf den ersten zu setzen, ohne, dass mir der sofort wieder um die Ohren flog. Und das war für mich wie das siebte Weltwunder.

Durch die nicht enden wollenden Niederlagen war ich längst vom Glauben abgefallen. Wenn es überhaupt irgendwelche höheren Wesen, die als gute Geister wirken, geben sollte, hatten die offenbar an mir keinerlei Interesse. Ich sah mich von allen guten Geistern verlassen. Andererseits fragte ich mich: Sind diejenigen, die wirklich erfolgreich sind in der Wirtschaft und in der Politik, etwa diejenigen, die die Götter besonders lieben? Kann das stimmen? Wenn ich sehe, was diese Menschen aus unserer Welt machen – und wir machen bei alledem ja mit – dann frage ich mich wirklich: Sind denn nicht *die* von allen guten Geistern verlassen? Und *wir* mit ihnen?

Nun ja, für mich stand das sowieso schon fest, obwohl ich nun wirklich nichts angestellt hatte. Ich hatte ja bisher kaum Gelegenheit dazu gehabt. Und dennoch: Je mehr mir in meinem Leben dann doch noch gelang, um so mehr stieg in mir das Gefühl auf, jetzt doch von guten Geistern geleitet zu werden.

So sehr ich mich bisher über das Versagen der guten Geister beklagt hatte, so muss ich doch, seit dem ich weiß, was da oben los ist, bei meinen Zeitgenossen ein gutes Wort für sie einlegen. Es gibt ja Leute, die glauben, sie bräuchten nur um etwas zu bitten, und dann schickt der Himmel ihnen das Gewünschte. Da ist bei mir nichts zu machen, das weiß ich ja inzwischen. Andere denken, ihnen würde nur deshalb so viel Unangenehmes widerfahren, weil sie in ihrem Leben oder in einem vorherigen Leben schon so viel Schlechtes angestellt hätten. Ich glaube fast, die überschätzen ihren Einfluss in erheblichem Maße. Und dann gibt es Menschen, die sind davon überzeugt, dass der liebe Gott sowieso schon weiß, was für sie gut ist. Was immer auch in ihrem Leben geschieht, ihnen scheint alles recht zu sein. Die scheinen gar keine eigene Meinung zu haben. Andere halten die ganze Welt für eine Täuschung, und zwar komplett. Ganz so weit möchte ich nun doch nicht gehen, aber ich glaube, von dem, was diese Leute glauben, kann einiges nicht wahr sein. Dazu ein Beispiel: Jedes Mal, wenn beim Autofahren auf meiner Seite ein Hindernis ist, erscheint, wie aus dem Nichts, ein entgegen kommendes Fahrzeug. Jedes Mal, und zwar ausnahmslos! Jetzt frage ich Euch: Sitzt da im Himmel wirklich jemand, der dafür sorgt, dass es ständig zu solchen Engstellen und Beinah-Unfällen kommt? Stellt Euch doch nur einmal vor, wie

viele Autos tagtäglich, weltweit auf den Straßen unterwegs sind? Wie viele solcher Engstellen und Beinahunfälle gibt es da? Glaubt Ihr wirklich, dass der liebe Gott das alles regelt? Und ständig kommt es vor, dass sich regelrechte Knoten bilden. An der engsten Stelle müssen dann plötzlich alle gleichzeitig durch! Auf der graden Strecke danach ist man anschließend wieder ganz allein. Bei den Menschen würde man ja denken: Fehlplanung! Aber in der göttlichen Werkstatt? So viele Zufälle kann es nicht geben. Und Absicht? Will Gott uns provozieren, Unfälle zu bauen? Ich glaube, die da oben müssen auch schon lange mit der Zeit gehen. Wer macht denn noch irgendetwas selber? Das wird heutzutage alles *outgesourcet.* Die haben da oben auch inzwischen für alles Fremdfirmen. Und wollt Ihr wissen, wer da den Auftrag erhalten hat? Das ist nicht so einfach, wie Ihr Euch das vorstellt. Immer weniger Menschen sind noch bereit, ihren Beitrag zur göttlichen Lebensversicherung zu zahlen. Und das, obwohl es immer mehr Menschen gibt, die alle nur ihre Bestellungen abholen. So geht es im Himmel zu, wie auf Erden: Mit drastisch sinkenden Einnahmen sollen ständig wachsende Aufgaben erfüllt werden. Wenn die Menschen vom obersten Herrn nichts mehr annehmen wollen, dann müssen jetzt eben auch die armen Teufel ran! Denen bleibt gar keine Zeit mehr für neckische Spielchen. Da muss

jeder mit Anpacken. So haben die vielen Teufelchen und Quälgeister, die sonst unkontrolliert ihr Unwesen trieben, jetzt ein festes Arbeitspensum. Jeder muss sich nützlich machen! Da wird jede Hand, jede Hufe und jede Pfote gebraucht. So mussten die sich, kraft göttlichen Gesetzes, kurzerhand einer Umschulung unterziehen. Seither steht vor der Hölle auf einem Schild in großen Lettern:

Ab heute bleiben unsere Satansbraten kalt,
was der Chef jetzt will, das lernen wir jetzt halt!

Zuerst muss das schon seltsam ausgesehen haben, als die ganz schwarzen Teufel bei den schneeweißen Engelein in die Lehre gingen. Doch inzwischen ist alles perfekt *gemanagt*. Jeder hat jetzt seine Aufgabe, alles ist geregelt. Da gibt es welche, die sind zuständig für die Niederlagen, andere für die Rückschläge, wieder andere sorgen für die verpassten Chancen. Und natürlich die Verkehrsunfälle, die Missverständnisse und all die sonstigen Täuschungen und Verirrungen. Und tatsächlich, es gibt jede Menge Engstellenkoordinatoren. Zunächst hatte ja da oben von den guten Geistern niemand gewusst, wozu die erforderlich wären, aber dann hatten immer mehr Quälgeister gestreikt. Sie wollten nur noch weiter arbeiten, wenn sie ab und zu einen kleinen Unfall einbauen dürften.

27

»*Auf keinen Fall!*«, war das prompte göttliche Machtwort. »*Was sollen denn die Leute von mir denken?*« Er
wollte wirklich nicht, dass die Menschen auf der Erde
schlecht über ihn denken. Gerade, als die Sache mit
den Engstellenkoordinatoren verhandelt wurde, kam
von den Menschen ein riesiger Schwung Rücktritts-
erklärungen von der göttlichen Lebensversicherung.
In seinem göttlichen Zorn sagte da der Herr: »*Na
gut, wenn die Menschen das nicht anders haben wollen,
dann kann ich ihnen auch nicht mehr helfen!*« Und so
willigte er ein. Und bei sich dachte er: »*Das wäre ja
noch schöner, wenn ich mir von jedem kleinen Teufelchen sagen ließe, was hier zu tun ist!*« Und so lenk-
ten diese listigen Teufelchen alle Zusammentreffen
der Menschen immer durch solche Engstellen. Das
Leben wurde immer hektischer. Ungeduld, Gereizt-
heit und eine unbestimmte Wut breiteten sich unter
den Menschen aus. Sie waren schnell aufgebracht und
ließen sich zu unachtsamem Verhalten verleiten. Die
vielen kleinen Unfälle wurden zur Alltäglichkeit. Sehr
zur Freude der Teufelchen. Die Menschen ersannen
immer neue Geräte, um ihr Leben noch hektischer zu
machen. Das gab den Engstellenkoordinatoren weitere Gelegenheiten, Unfälle einzubauen. Unter den
Menschen heißen die Engstellenkoordinatoren jetzt
Qualitätsmanager. Die waren bald so wichtig, wie
diejenigen, die Gott einst als Versicherungsvertreter

für die göttliche Lebensversicherung auf die Erde geschickt hatte. Die wiederum arbeiteten inzwischen nur noch für die kleinen Teufelchen und verkauften den Menschen Vollkaskoversicherungen und Aktienpakete, Rentenversicherungen und Renditepapiere. Doch einigen Menschen dämmerte es langsam, dass die Rundum-Sorglospakete nicht die Lösungen, sondern die Probleme waren. Der Herrgott musste erneut ein Machtwort sprechen:

„Ihr Menschen, ich sag' euch, meine Macht ist groß,
ich zeig' euch, wie ihr werdet die Geister wieder los!
Ich steckte die armen Teufel fest in jedes kleine Detail,
an die Dinge gebunden versprechen sie euch das Heil.

Hegt ihr nur Sehnsucht nach irdischen Dingen,
müsst ihr stets mit Teufeln und Quälgeistern ringen.
Doch wenn Ihr wollt die guten Geister wirklich finden,
dürft ihr das Herz nicht an des Teufels Werke binden.

Könnt ihr noch aufsehen von eurem irdischen Streben
und den Blick wieder ganz zum Himmel hinauf heben,
wird's euch gelingen, Frieden und Freude zu finden,
weil ihr erkennt, was die Schutzengel euch verkünden.“

Geschichten aus dem Paradies

Der Urknall und seine Folgen

Gedanken zur Wissenschaft
und überhaupt zu Allem

Heilkunst und FarbenPracht©

Geschichten aus dem
Paradies

Denkzettel Nr. 2 aus *Denkzettel – Die ersten zehn,*
Erste Auflage 2016

Der Urknall und seine Folgen

Gedanken zur Wissenschaft
und überhaupt zu Allem

Haben Sie nicht auch manchmal den Eindruck, dass die Welt immer komplizierter wird? Das fängt inzwischen sogar schon bei den Dingen an, die noch vor Kurzem ganz einfach waren. Und die Angelegenheiten, die immer schon sehr schwer zu verstehen waren, sind noch komplizierter geworden. Sicherlich, früher war durchaus nicht alles ganz einfach, aber man wusste doch wenigstens, woran man war. Die Dinge hatten ihre Ordnung, und zwar von Anfang an. Man wusste, dass Steine, Pflanzen, Tiere – und natürlich auch die Menschen – ja überhaupt die ganze Welt, von Gott allein in sechs Tagen, beginnend mit dem 23. Oktober 4004 v. Chr. geschaffen worden waren. Man wusste also das genaue Datum! Wenn die Menschen einst jahrelang schufteten, um z. B. eine Kathedrale zu bauen, so bestaunen wir bis heute die gewaltige Größe und Einzigartigkeit dieses Bauwerks. Und dennoch: Was ist die größte Kathedrale gegen das Mammutwerk der Schöpfung, was Gott in sechs Tagen vollbracht haben soll? Ich sage, soll, denn heute wird nicht nur Gott, sondern auch die ganze Schöpfung angezweifelt.

Während ich so über diese Dinge nachdenke, befinde ich mich auf einer Insel und spaziere zusammen

mit meiner Frau vom Strand zurück zu dem von einer Freundin angemieteten Haus. Es war ein sehr verregneter, trüber Tag. Da tauchte, wie aus heiterem Himmel, ein knallbunter Ball auf. Als ich mich darüber amüsierte und ihn zu meiner Frau herüber schießen wollte, zeigte sich allerdings, dass ihm schon ein gehöriger Teil seiner Luft ausgegangen war. Wir kickten uns den Ball gegenseitig zu und hatten unseren Spaß damit. Das etwas erschlaffte Ding hatte uns beide aus einer trüben Stimmung herausgeholfen und uns wieder Kraft gegeben. Als wir an ein Eisengatter kamen, wurde ich übermütig und versuchte den Ball mit Schwung durch die unteren beiden Querstangen hindurch zu schießen. So viel Kraft hatte ich denn doch nicht gesammelt und so blieb er stattdessen mit einem Knall genau zwischen den rostigen Stangen eingeklemmt stecken.

Während ich das plumpe Krachen in den Ohren und den bunten Farbenwirbel vor Augen hatte, kam mir unverzüglich die Vorstellung vom Urknall in den Sinn, wie sie seit einigen Jahrzehnten von der modernen Wissenschaft dargestellt wird. Mit einem gigantischen Knall soll die Welt entstanden sein. Vor diesem Urknall, so heißt es, existierte rein gar nichts – auch kein Gott – und innerhalb eines ungeheuerlich winzigen Bruchteils einer Sekunde war die ganze Welt

da und breitete sich seit dem zu der Größe aus, die sie heute hat. Allerdings glauben die Wissenschaftler, dass der Urknall schon vor vielen Milliarden Jahren stattgefunden hat. Und – wie schon gesagt, es wird immer komplizierter – das Weltall breitet sich ohne Unterbrechung immer weiter aus. Das hört einfach nicht auf, sich auszubreiten. Oder doch? Oder geht irgendwann alles wieder rückwärts? Nein, jetzt wollen wir die Sache nicht auch noch komplizierter machen. Wo das alles hinführt, das besprechen wir ein anderes Mal.

Bleiben wir beim Anfang. Auch die Wissenschaftler könnten uns ein exaktes Datum nennen. Sie können es nur deshalb nicht, weil es zu der Zeit, als der Urknall stattfand, weder Uhren noch Kalender gab. Es hätte ja auch gar keinen Sinn gehabt, wenn... Nein der Kalender ist erst viel später – erst nach vielen Milliarden Jahren entstanden. Denn nicht nur die Welt nahm ihren Anfang, sondern auch die Zeit. Da kann ich der Wissenschaft schon nicht mehr folgen. Wenn die Zeit – ich möchte fast sagen gleichzeitig – mit dem Urknall entstanden ist, wieso lebten dann zum Beispiel die Saurier, die ja auch viele Millionen Jahre lang die Erde unsicher gemacht haben sollen, wieso lebten die Saurier in der Vorzeit? Da lag der Urknall doch auch schon viele Milliarden Jahre – kaum weniger als heute – zurück. Gab es

35

vor der Zeit die Vorzeit und vor der Vorzeit die Vor-vor-Zeit? Schon wieder wird es kompliziert. Oder gab es da doch noch gar keine Zeit? Es müsste doch auch schon, als die Erde vom Stampfen der Saurier bebte, Zeit gegeben haben. Ich glaube, damals gingen die Uhren viel, viel langsamer. Nein, natürlich gab es damals keine Uhren und es gab selbstverständlich auch noch niemanden, der auf die Uhr hätte schauen können. Das wäre ja auch sinnlos gewesen, denn welche Uhr hätte diese riesigen Zeiträume darstellen können? Und wer hätte es beobachten können, dass wieder ein altes Jahrmilliard rum war und ein Neues anfing? Zumal die Zeit – als sie noch Vorzeit war – viel langsamer verstrich, als heutzutage. Wahrscheinlich fehlt uns einfach die Vorstellungskraft uns gedanklich soweit zurückzuversetzen.

Na ja, aber denken können wir es doch. Ich meine, wir können uns bis ans Ende der Welt alles Mögliche denken – wenn es das überhaupt gibt. Oder eben bis an den Anfang der Welt, also dem Urknall. Mit unserem Denken können wir den Urknall beobachten, obwohl kein Lebewesen dabei gewesen sein kann. Das wirft natürlich eine ganz neue Frage auf: Wenn wir uns an den Anfang der Welt denken können, können wir uns dann auch an den Anfang unseres eigenen Denkens denken? Ist es denn nicht auch mit

unserem Denken so, oder zumindest so ähnlich? Ich frage Sie: Wann entstand in Ihrem Hirn Ihr erster Gedanke? Aha, Sie wissen das nicht! Natürlich nicht. Wie sollten Sie auch? Ihr erster Gedanke wird ja wohl kaum gewesen sein: Oh, ich denke ja gerade! Das ist ja toll. Ich wusste gar nicht, dass ich das kann. Soweit Sie sich in ihrem eigenen Leben zurückdenken können, hatten sie stets ein ganzes Feuerwerk an Gedanken. Ist es nicht unheimlich schwer, sich auf nur einen einzigen Gedanken zu konzentrieren? Ich meine, ohne dass einem dabei alles Mögliche durch den Kopf geht und dazwischen funkt? Gab es also einen Ur-Gedanken, von dem alle anderen, alles, was wir danach gedacht haben, abstammen? Dieser erste Geistesblitz wäre sozusagen der geistige Urknall gewesen?

Das mag ja für uns zutreffen, aber für den Urknall, von dem hier die ganze Zeit die Rede ist, kann das natürlich nicht gelten. Wieso nicht? Na, weil es ja noch kein Wesen gab, dass diesen Ur-Urknall durch seinen Geistesblitz hätte auslösen können. Die Saurier sollen ja – so behaupten manche Wissenschaftler – aus dem Grunde ausgestorben sein, weil sie ein viel zu kleines Gehirn hatten. Außerdem waren die viel zu träge für Geistesblitze. Und die ersten Lebewesen, die Einzeller, die hatten gar keinen Denkapparat. Die konnten also überhaupt nicht denken und keine Gedankenblitze

erzeugen. Wahrscheinlich gab es also doch einen Gott und der hatte erst einen Gedankenblitz, quasi den Ur-Gedankenblitz, worauf, bzw. wodurch er dann im besagten Urknall die ganze Welt entstehen ließ. Wie das beides dann wieder zusammen hing, ist nun wieder sehr kompliziert zu erklären...

Oder sind wir nur dadurch da, dass wir uns selbst denken? Das kann auch nicht sein, denn es gibt ja genug Menschen, die gar nicht denken. Das geht durchaus! Und dann hätte es überhaupt gar keinen Urknall gegeben. Keinen Ur-Gedankenblitz und keinen Urknall? Und was war dann mit der Urzeit? Dann stehen wir also wieder ganz am Anfang! Sehen Sie wie jedes Ding und auch die ganze Welt, immer komplizierter wird, je weiter wir uns vom Anfang entfernen? Dabei wollen wir doch gerade den Anfang verstehen!

Es ist zum Verzweifeln! Für mich selbst völlig unerwartet stoße ich einen Urschrei aus – und sofort wird mir vollkommen klar: Das ist wirklich ganz einfach! Ich meine, einen solchen Urschrei auszustoßen. Doch dann durchzuckt mich völlig unerwartet ein Geistesblitz und lässt mich nicht mehr los: War das, was die Wissenschaftler als Urknall bezeichnen vielleicht – Bitte verzeihen sie mir diesen Gedanken. War der Urknall vielleicht eher ein Urschrei? Ja, jetzt ist es raus. Und jetzt führe ich das auch ganz zu Ende. Mit allen

Konsequenzen. Ein Urschrei Gottes! Ja, ich weiß, die Vorstellung ist ungeheuerlich, aber ist es nicht auch ungeheuerlich, sich den Beginn der Welt als einen gigantischen Urknall vorzustellen, der sich quasi selbst verursacht hat? Erklärt uns die Wissenschaft nicht mit akribischer Genauigkeit bis in den Bereich der Elektronen hinein, dass es keine Wirkung ohne Ursache geben kann? Wenn sich nicht ein kleines Elementarteilchen ohne Ursache bewegt, wie kann dann die ganze Welt mit einem riesigen Knall entstanden sein, ohne ein, diesen Krach erzeugendes Wesen? Ein Krach muss das ja gewesen sein. Ob der nun als Urknall oder als Urschrei zu identifizieren ist, weiß Gott allein. Ja, es ist unglaublich, Gott schreit sich die Seele aus dem Leib – und wir ignorieren ihn einfach!

Jetzt frage ich mich allerdings, ob Gott seinen schöpferischen Urschrei schon als Welt-Schöpfungsakt ausstieß oder – das wäre immerhin auch möglich – hat er den Urschrei ausgestoßen, als er, der noch unmittelbar nach seiner Schöpfung sah, dass alles gut war, später merkt hat, was wir Menschen aus seiner Schöpfung gemacht haben?

Denkzettel Nr. 29 aus *Denkzettel – Die dritte Staffel,*
Erste Auflage 2017

Der Urknall

Neue Folge!

Heilkunst und Farbenpracht©

Geschichten aus dem Paradies

Der Urknall
– Neue Folge!

Also, jetzt muss ich die Sache mit dem Urknall noch mal ganz neu besprechen. Neulich hatte ich einem Freund erklärt, was es mit dem Urknall auf sich hat. Ich stellte ihm gegenüber dar, wie schon in meinem Denkzettel Nr. 2 geschildert, dass es sich beim Urknall in Wirklichkeit um den Urschrei Gottes gehandelt haben muss. Ich war schon etwas stolz auf meine ungewöhnliche, rein gedanklich gemachte Entdeckung. Doch dieser Freund erklärte mir erst einmal, dass ich die Sache noch gar nicht in ihrer ganzen Tragweite erfasst hätte. Die Sache sei aber sehr, sehr heikel, weshalb er unbedingt anonym bleiben wolle.

Auch er habe sich schon vor langer Zeit Gedanken über den Urknall gemacht und so sei für ihn meine Entdeckung längst nicht mehr neu. Er bestätigte mir, dass es nur wenige Freizeitphilosophen gäbe, die so weit gekommen seien, wie ich. Dennoch müsse er mir jetzt unbedingt klar machen, welche Folgen die Ereignisse, die mit dem Urknall zusammenhängen, für uns heutige Menschen haben. Dass er mich als einen gewöhnlichen Freizeitphilosophen bezeichnete, hat mich schon etwas geärgert. Jedenfalls erklärte er mir Folgendes: „Für einige moderne Wissenschaftler begannen die Ereignisse um den Urknall, der nach ihren Berechnungen vor 13,8 Milliarden Jahren stattfand,

allesamt durch den Kollaps eines gigantischen Sterns, der sich daraufhin in kürzester Zeit zu einem winzigen schwarzen Loch verdichtete. Das ganze Universum konzentrierte sich damit auf einen Punkt. Dieses schwarze Loch hatte vier Raumdimensionen und war umhüllt von einem Universum mit drei Raumdimensionen. Daraus wurde schließlich unser ganzes Universum. Auch die mysteriöse, rein hypothetische, dunkle Materie hatte bei der späteren Sternentstehung eine wichtige Aufgabe zu erfüllen. Die Wissenschaft dringt in immer unvorstellbarere Bereiche vor. Ich habe die Sache stark vereinfacht. In Wirklichkeit – oder in den Erklärungen, die die Wissenschaft für wirklich hält, also in Wirklichkeit ist das viel, viel komplizierter."

Er fuhr mit seinen Ausführungen fort:

„Die alten Mythen sind da wesentlich anschaulicher. So heißt es in der Bibel: Gott schuf den Menschen nach seinem Bilde. Deshalb muss der liebe Gott genauso aussehen wie wir Menschen. Oder besser gesagt, der Mensch sieht aus wie Gott. Jedenfalls hält sich deshalb so mancher Mensch für einen kleinen Gott. Das würde nicht nur für solche Freizeitphilosophen wie mich gelten, stichelte er."

Am liebsten hätte ich ihm einen kleinen Klaps verabreicht – oder auch einen größeren. Doch hört, was er weiter sagte:

„Wenn die Menschen noch ganz klein sind, gerade

frisch geboren wurden, also praktisch noch in ihrem Urzustand sind, dann passiert mit diesen kleinen Göttern genau das Gleiche. Merkst du was?"

„Was heißt, das Gleiche?"

„Also was macht man mit einem Neugeborenen, nachdem es den Mutterleib verlassen hat?"

„Man freut sich über den neuen Erdenbürger!"

„Nein, ich meine vorher."

„Man legt das Neugeborene der Mutter an die Brust."

„Noch vorher."

„Ich weiß nicht, was meinst du?"

„Man knallt ihm einen Klaps auf den nackten Hintern! So ist das. Das ist der Urknall, den jeder erlebt. Und was macht das neu geborene Baby in dem Moment? Es erschrickt sich gewaltig, holt Luft und fängt sofort an, laut zu schreien. Und das ist dann der persönliche Urschrei dieses kleinen Gottes. Deshalb heißt es ja: »Die Kinder Gottes.« Merkst du jetzt, was ich meine? Immer noch nicht?"

Ich tat so, als sei ich total beeindruckt. Wenn er auch immer wieder die Wissenschaft erwähnt, so ist und bleibt auch er ein Freizeitphilosoph. Und dennoch wartete ich gespannt auf seine weiteren Erklärungen.

„Also jeder Mensch stößt am Anfang seines irdischen Daseins einen Urschrei aus, nachdem ihm jemand mit der bloßen Hand auf den Hintern geknallt hat. Wenn schon der liebe Gott am Anfang des

Schöpfungsprozesses einen Urschrei ausgestoßen hat, dann wird dir sicher das ungeheuerliche Ausmaß des Urknalls bewusst. Das war dereinst auch eine göttliche Eingebung. Ich meine, das mit dem Klaps auf dem Po zu Anfang. Das wird wohl seit Menschengedenken so gemacht. Gott selbst hat uns das beigebracht. Das Leben eines jeden Menschen beginnt immer mit solch einem Klaps. Erst ein Urknall, dann ein Urschrei. Und woher hatte Gott diese Idee mit dem Klaps auf dem Po? Wenn Gott uns Menschen nach seinem Bilde erschaffen hat, dann hat er – das ist gar keine Frage – perfekte Arbeit geleistet. Da stimmt einfach jedes Detail. Von Anfang an. Um Gottes Willen! Nein für diesen Gedanken hätte ich früher schon bald meinen letzten Schrei getan. Nein, nicht für das, was ich schon gesagt habe, sondern für das, was jetzt daraus folgt. So was darf man nicht einmal denken! Und ich bin so frech und sprech' es trotzdem aus. War das schon beim göttlichen Urschrei genauso wie bei den Menschen? Gottes Werke sind perfekt und für uns Menschen unergründlich. Es ist mir ja unheimlich peinlich, und dennoch geht mir diese Frage nicht mehr aus dem Sinn:

»Wer hat damals dem lieben Gott eins auf den Hintern geknallt und dadurch den göttlichen Urschrei ausgelöst?«

46

So peinlich diese Frage ist, sie muss gestellt werden, wenn wir die Sache mit dem Urknall in seiner ganzen Tragweite verstehen wollen. Es ist ungeheuerlich, das gebe ich ja zu. Ich würde das alles auf mich nehmen, aber ich war damals nun wirklich noch nicht da, es gab mich einfach noch nicht. Die Wissenschaft geht davon aus, dass es nach dem Urknall eine dunkle Ära gab, in der das ganze All in einem riesigen Materienebel lag. Nach dem Knall kam die Finsternis. Die Ereignisse jener Zeit liegen auch für die Wissenschaftler im Dunkeln. Erst später entstanden riesige Sterne, die das Licht in die Welt brachten.

Noch mal zurück zu meiner Frage. Du weißt schon! Wer hat dem lieben Gott – Nein, noch mal sag' ich das jetzt nicht. Im Grunde genommen gibt es nur einen, dem das zuzutrauen wäre. Wer sollte es anders gewesen sein, als der Teufel höchstpersönlich? Im Gegensatz zu den Menschen, die sich an den Ursprung ihres eigenen irdischen Lebens gewöhnlich nicht mehr erinnern können, weiß der liebe Gott diese alte Geschichte natürlich immer noch. Deshalb kann der liebe Gott den Teufel bis heute nicht ausstehen. Das hat er ihm nie verziehen. Was die Wissenschaft bei der Erklärung der Welt nach dem Urknall als die dunkle Ära bezeichnet, ist bei den Menschen die Zeit unmittelbar nach dem Beginn ihres irdischen Lebens, an die sie sich einfach nicht mehr erinnern können.

Jetzt wird auch klar, warum Adam und Eva nicht vom Baum der Erkenntnis essen sollten. Die sollten doch nicht mehr wissen, als der liebe Gott. Die Blöße wollte Gott sich nun wirklich nicht geben. Die hätten möglicherweise von dem peinlichen Vorfall erfahren und von Anfang an, seine grenzenlose Macht angezweifelt. In einer sternenklaren Nacht lagen Adam und Eva mitten im Paradies, rücklings auf dem warmen Boden und schauten in die Sterne. Und bald darauf erschien ihnen der Teufel in einem Spiralnebel, den Adam und Eva für eine Schlange hielten, direkt über, oder vor – das weiß man heute nicht mehr so genau – dem Baum der Erkenntnis. Der Teufel hatte ihnen dessen Früchte so richtig schmackhaft gemacht. Wer hätte da nicht angebissen! Ein Biss, ein Knall und dann hatte Eva ihren geistigen Urknall. Gleich darauf wieder: Ein Biss, ein Knall, das war Adams geistiger Urknall. So war ihnen das Licht der Erkenntnis aufgegangen. Schon wieder eine Art Urknall. Auf diese Weise waren Adam und Eva zu ihrem Urknall gelangt, und zwar ganz ohne Klaps auf dem Po. Irgendwie müssen sie das geahnt haben, deshalb schämten sie sich Gott gegenüber. Doch dem lieben Gott blieb das nicht verborgen. Da die beiden ja nun einmal als Gottes Kinder ungehorsam gewesen waren, mussten sie draußen vor der Tür stehen bleiben und ihre gerechte Strafe abwarten. Sicherlich dachten sie,

48

jetzt würden auch sie ihren Klaps bekommen. Und tatsächlich gab es plötzlich einen riesigen Knall – aber nicht auf den nackten Po. Es war das Tor zum Paradies, das mit lautem Getöse vor ihnen ins Schloss fiel. Das war der Urknall!"

„Aber hör' mal, mein lieber Freund, du hast gesagt, du wüsstest genauer über den Urknall Bescheid. Erst sagst du, der Urknall wäre durch die freche Hand des Herrn der Finsternis verursacht worden. Dann erklärst du, dass das Leben eines jeden Menschen durch einen Urknall auf den Po beginnt. Später schilderst du den Sündenfall als Urknall und jetzt heißt es, das Verschießen des Paradieses sei der Urknall gewesen. Wie viele Ur-Knaller hast du denn noch auf Lager?"

„Keine Angst, die bewahre ich mir für Silvester auf. Dann sind sie alle weg. Hast du wirklich geglaubt, dass Gott, der jede Form annehmen kann, die er will, sich nach dem Bild richtet, dass sich die Menschen von ihm gemacht haben, nur um sich vom Teufel einen Klaps abzuholen? Hast du es denn nicht gemerkt? Ob Mythos vom Herrn der Finsternis, ob Hypothese von der Macht der dunklen Energie, vom schwarzen Loch oder von der dunklen Ära. Es ist doch alles das Gleiche! Jeder sagt es mit seinen Worten. Denn jeder hat eben seinen eigenen Knall – meinetwegen nenn' ihn den Urknall."

Denkzettel Nr. 23 aus *Denkzettel – Die dritte Staffel,*
Erste Auflage 2017

Klapperstorch trifft Klapperschlange

Kann das gut gehen?

Heilkunst und Farbenpracht©

Geschichten aus dem Paradies

Klapperstorch trifft Klapperschlange
Kann das gutgehen?

Man sagt ja: Klappern gehört zum Handwerk. Hier sind zwei, für die das nicht nur im übertragenen Sinne gilt: der Klapperstorch und die Klapperschlange.

Also, wenn ich an eine Klapperschlange denke, dann kann mir wirklich angst und bange werden. Das ist sicher verständlich, denn ein Biss kann schon tödlich sein. Zum Glück gibt es hier keine Klapperschlangen. Auf viele Menschen wirken diese jedenfalls sehr furchterregend. Das war jedoch nicht immer so. Es heißt ja, dass im Paradies Mensch und Tier friedlich miteinander umgingen. Da ging von keinem Tier Gefahr für ein anderes aus. Die Tiere ließen einander leben und die Menschen hatten damals noch kein Tier domestiziert. Löwen, Krokodile und Bären waren reine Vegetarier. Und die Schlangen ernährten sich von den Früchten, die zu Boden gefallen waren.

Dennoch muss man sich das Leben im Paradies nicht so einfach vorstellen. Für Adam und Eva war es die Kinderstube, in der es jeden Tag eine neue Lernaufgabe zu meistern galt. Schließlich hatten die beiden keine Eltern, von denen sie alles abgucken konnten. Da war nur der alleinerziehende Vater, der ständig mit anderen Dingen beschäftigt war. Wochentags bekamen sie ihn praktisch überhaupt nicht zu Gesicht.

Nur sonntags war er da, und dann wollte er meist seine Ruhe haben. Dennoch wurde es den beiden nie langweilig, denn es gab im Paradies immer etwas Neues zu lernen.

Einmal saß Eva im Gras unter einem schattenspendenden Baum und betrachtete das Treiben der Tiere. Ganz leise schlich eine Schlange heran und wand sich um einen am Boden liegenden Apfel. Zu Evas Erstaunen, riss die Schlange ihr Maul so weit auf, wie Eva es nie für möglich gehalten hätte, und verschlang den Apfel ohne davon zuvor auch nur ein einziges Mal abzubeißen. Der dicke Apfel verursachte auf dem Weg durch den Leib der Schlange eine riesige Beule. Eva hatte nicht bemerkt, dass auch Adam die Schlange beobachtet hatte. Adam sah sofort, wie sehr Eva davon beeindruckt war und so wollte auch er seiner jungen Braut imponieren. Gleich prahlte er: *„Das kann ich auch!"* Sogleich suchte er sich einen geeignet erscheinenden Apfel vom Zweig, der über ihm hing, aus, und steckte sich diesen in den Mund. Er versuchte eine Weile vergeblich, den Apfel herunter zu schlucken. Gerade wollte er aufgeben, da nahm sich Eva das Früchtchen vor und biss rings herum davon ab, sodass der Apfel kleiner wurde. Als Adam dann den so präparierten Apfel zu sich nahm, bekam er bald einen Schluckreflex und der Apfel passierte seinen Rachen,

doch dann blieb er ihm im Hals stecken. Eva musste erst lachen, weil Adams Hals jetzt wirklich wie der Leib der Schlange aussah. Adam wollte auch lachen, aber er brachte nur ein Krächzen hervor. Er bekam einen roten Kopf und schnappte nach Luft. Eva wusste nicht so recht, was sie machen sollte, doch die Schlange hatte bemerkt, dass Adam in Gefahr war. Sie tat etwas, was sie vorher noch nie getan hatte. Sie schlug ihre Schwanzspitze so schnell hin und her, dass es ganz laut klapperte. Damit rief sie Gott herbei, der schnell helfen sollte. Diese Geschichte ist in die Annalen der Menschheit als die Geschichte vom Adamsapfel eingegangen, oder besser bekannt als der Sündenfall. Aber warum war das ein – nein- *der* Sündenfall? Konnte Gott keinen Spaß verstehen?

Gott schimpfte mit den Menschen:

„Kann man euch denn nicht einmal kurz alleine lassen?
Kaum bin ich mal weg, schon macht ihr dummes Zeug!"

Eva fand das sehr ungerecht, dass Gott jetzt auch noch mit ihnen schimpfte, und erwiderte:

„Kurz alleine lassen? Das ist ja wohl reichlich untertrieben. Du lässt uns ja ständig alleine, du bist immer unterwegs. Nie bist du da, wenn man dich braucht. Um uns kümmerst du dich nur ganz selten. Diese kleine Schlange sorgt sich mehr um uns, als du!"

Gott erkannte, dass er seine Aufsichtspflicht vernachlässigt hatte, und gelobte sich zu bessern. Zunächst

kümmerte er sich wieder mehr um die beiden. Doch er war eben ein viel beschäftigter Vater. Nicht nur die Menschen, sondern auch all die vielen Tiere brauchten immer wieder seinen weisen Ratschluss. Das war übrigens die Zeit, als auch die Hühner ihren Sündenfall hatten. Wie bei den Menschen Eva, so schimpfte das Huhn mit ihrem Schöpfer, das sich dieser nicht genug um sie kümmere. Die alte Henne ging dem alten Herrn mit ihrem aufgeregten Gegacker und den alten Geschichten tierisch auf den Wecker. Dann kam ihm die Idee mit dem Ei. Das sollte die Henne dann bebrüten. So war sie erst einmal beschäftigt, konnte nicht weg und Gott hatte ein bisschen Ruhe.

Inzwischen hatten die Menschen in der Schlange einen guten Freund und Lehrmeister gefunden. Die Nachricht von dem Ei im Nest der Hühner und den daraus hervorgekommenen Küken verbreitete sich wie ein Lauffeuer in der paradiesischen Tierwelt. Und die weise Schlange wusste auch gleich, wie es dazu gekommen war. Sie flüsterte Eva ins Ohr, dass auch sie ein Ei legen und ein Kind bekommen würde. Dabei würde, anders als beim Adamsapfel, Evas Bauch zu einer Kugel anschwellen, sodass man bald sehen würde, wie das Ei heranwächst. Und auch dem Adam flüsterte sie etwas ins Ohr. Zum Schluss richtete sie sich steil auf und sagte mit einem warmen Lächeln:

„Und stell dir in diesem Fall immer eine Schlange vor!"
In der Bibel heißt es einfach: *»Und Adam erkannte Eva.«* Das Wichtigste verschweigt die Bibel. Aber im Grunde genommen wissen wir ja alle, was dann geschah. Adam dachte bei sich: *»Der Kavalier genießt und schweigt.«* Deshalb steht davon übrigens auch nichts in den Annalen der Menschheit. Und so gibt es bis heute Streit um diesen Teil der Geschichte.

Die Ersten, denen das nach den Hühnern mit dem Nachwuchs gelungen war, waren die Störche. Sie fingen vor Freude lautstark mit ihren langen Schnäbeln zu klappern an. Die Störche mussten den anderen Tieren Rede und Antwort stehen, denn jetzt wollten sie alle ihren Nachwuchs haben. Und tatsächlich: Wo der Storch zu Besuch war, kam bald darauf ein Kind zur Welt. Bei den kleinen Tieren ging es schneller, bei den großen dauerte es etwas länger. So verbreitete sich schnell die Vorstellung, dass der Kindersegen vom Klapperstorch gebracht würde. Das kann natürlich gar nicht sein. Die Bibel schweigt sich über die wahren Hintergründe beharrlich aus. Heute, wie damals wissen wir – und wir sind ganz ohne wissenschaftliche Studien zu der Erkenntnis gelangt – wodurch bei Mensch und Tier der Nachwuchs zustande kommt. Vom Klapperstorch jedenfalls nicht! Vielleicht wäre ein Storch tatsächlich in der Lage ein Menschenbaby durch die Lüfte zu transportieren. Man stelle sich

aber vor, die Störche müssten auch den Versand an die Elefanten, Nilpferde und Giraffen von der göttlichen Nachwuchszentralwerkstatt übernehmen. Von den vielen Fischen, besonders den ganz großen, wie den Walfischen ganz zu schweigen. Und vor allen Dingen: Alles ehrenamtlich! Da wären die Störche längst ausgestorben, weil sie gar nicht dazu kämen, sich um ihren eigenen Nachwuchs zu kümmern. Und dabei freuen sie sich doch so sehr über ihren Nachwuchs, dass sie so schön mit den Schnäbeln klappern. Klappern gehört nun mal zu ihrem Handwerk. Und der Nachwuchsversand ist nicht ihr Handwerk!

Ich glaube, als Gott in sechs Tagen Kosmos, Pflanzen- Tier- und Menschenwelt erschuf, hatte er an den Nachwuchs zunächst gar nicht gedacht. Die Sache mit dem Ei war dann aber die geniale Idee. Und Gott selbst brauchte für sein Handwerk nicht zu klappern. Das haben Mensch und Tier selbst übernommen. Jeder nach seiner Art. Vielleicht wollten die Verfasser der Annalen der Menschheitsgeschichte verschweigen, dass Gott sein Schöpfungswerk nachgebessert hat. Warum eigentlich? Nichts ist so gut, als dass es nicht noch verbessert werden könnte! Gott weiß das.

Ach ja, ich will ja durchaus eines nicht verschweigen. Die Sache mit dem Adamsapfel spielte sich genau unter dem Baum der Erkenntnis ab. Bis heute kümmern

sich vorwiegend die Frauen um die schöne, oft harte Schale und die Männer übernehmen den weichen Kern. So erklärt sich auch, woher der Spruch kommt: »*Raue Schale, weicher Kern.*« Das war die Frucht vom Baum der Erkenntnis!

Klappern gehört zum Handwerk, dachten sich wohl auch die Schreiber der Annalen der Menschheit. So ließen sie erst Adam und Eva mit den Zähnen klappern, weil sie ja von der verbotenen Frucht gegessen hatten und dann als göttliche Strafe für die beiden das Tor zum Paradies von außen zuklappen. Die ersten Menschenkinder waren doch schon lange Schlüsselkinder Gottes. Den beiden muss das viele Geklapper, Geschnatter, Gegrunze und Gebrülle einfach auf die Nerven gegangen sein. Es wurde immer enger dort. In Wirklichkeit hatte Gott gesagt:

„Ich ziehe mich hier auf mein Altenteil zurück, und ihr geht hinaus und erkundet die Welt. Da könnt ihr dann euer eigenes Paradies erschaffen.“

Nur gut, dass sie von der Schlange das mit dem Nachwuchs gelernt hatten. Alleine hätten die beiden das nie geschafft. Den Schlüssel zum alten Paradies haben sie irgendwann verloren. Manche glauben, sie würden ihn wiederfinden. Auch wenn sie mit vielen Schlüsseln geklappert haben, den Schlüssel zum neuen Paradies haben Adam und Evas Kinder bis heute nicht gefunden.

Das Henne-Ei-Paradoxon

Ein Wissen schaffendes

Gedankenexperiment

Geschichten aus dem Paradies

Geschichten aus dem
Paradies

Denkzettel Nr. 1 aus *Denkzettel – Die ersten zehn,*
Erste Auflage 2014

Das Henne-Ei-Paradoxon.

Ein Wissen schaffendes Gedankenexperiment

Seit uralten Zeiten geistert durch die Köpfe so vieler Gelehrter, und vor allem tönt aus den Mündern von einer Unsumme selbst ernannter Philosophen und Welterklärern, das sogenannte Henne-Ei-Paradoxon. Sie wissen schon, die Frage: Was war zuerst da, das Ei oder die Henne? Das Huhn oder doch das Ei? Da es sich hierbei um eines der letzten ungelösten Fragen der Menschheit handelt, kann auch ich nicht der Versuchung widerstehen, hierzu ein paar Worte zu verlieren.

Die übliche Ausgangslage ist die: Nimmt man an, dass das Ei zuerst da war, so lässt sich die Frage nach seiner eigenen Herkunft nicht schlüssig klären, denn aufgrund jahrhundertelanger Beobachtungen muss es als wissenschaftlich bewiesen angesehen werden, dass Eier – wovon auch Hühnereier keine Ausnahme bilden – dadurch in die Welt kommen, dass sie von einem Muttertier, also einer Henne gelegt werden. Somit ist es durchaus plausibel, davon auszugehen, dass zunächst eine Henne da war, die dann das Ei gelegt haben wird. Jetzt wird es allerdings verzwickt, denn naturgemäß ist jedes Huhn aus einem Ei geschlüpft. Davon kann auch das erste Huhn keine Ausnahme gemacht haben. Und die andere Version hatten wir schon. Also was war wirklich zuerst da? Weil das eine das andere für seine eigene

Existenz voraussetzt, was nicht geht, aber irgendwie gehen muss, spricht man von einem Paradoxon. Hier also vom Henne-Ei-Paradoxon. Soweit der Stand der Forschung. Bis auf den heutigen Tag gilt somit das Henne-Ei-Paradoxon als unlösbar. Allein um diese Unlösbarkeit zu wissen, macht oft die ganze Größe der Freizeitphilosophen aus. Es gibt für dieses Problem jedoch unzweifelhaft eine Lösung, schließlich wären sonst nicht so viele Hühner entstanden, sodass inzwischen riesige Imbissketten davon leben können.

Manche Probleme sind nur deshalb so groß, weil es einen kleinen Gedankenfehler gibt, an dem von allen, die sich damit beschäftigen, mit Hartnäckigkeit festgehalten wird und der dann jedes Mal alles vermasselt. Hier ist es zunächst einmal erforderlich, das Problem in seiner Vollständigkeit zu beschreiben. Aus mir unbegreiflichen Gründen ist es bisher niemandem aufgefallen, dass das Problem noch nie vollständig beschrieben worden ist. So ist es auch nicht verwunderlich, dass es auch bei verzweifeltem Grübeln, nicht gelungen ist, zu einer Lösung zu gelangen. Ich will nun wirklich nicht behaupten, selbst besonders schlau zu sein oder dass ich es auch nur im entferntesten hinsichtlich der Geistesschärfe mit all den Größen, die sich an diesem Paradoxon abgemüht haben, aufnehmen könnte. Ich verstehe nur nicht, wieso *das* mit

Beharrlichkeit vergessen wurde – zumal es sich bei den meisten Denkern um Männer handelte!

Nun gut, kehren wir zu dem Problem in der bekannten Sachlage zurück und lassen das erste Huhn aus dem ersten Ei schlüpfen. Jetzt möchte ich doch mal ganz provokativ die Frage stellen: Was war nach dem Ei und dem Huhn? Oder besser gesagt: Was tat das Huhn, nachdem es in der Welt war? Es ist anzunehmen, dass es tat, was auch die heutigen Hühner tun, es ernährte sich von dem, was seiner Art gemäß ist und lebte viele glückliche Jahre. Und – und – und – es lebte bis – nein, gestorben sein kann dieses Huhn überhaupt nicht. Jedenfalls nicht bevor... Denn irgendwann verspürte es ein gewisses Gefühl. Eine wahre Lust. Einen Trieb. Es wollte unbedingt – ein Ei legen! Schließlich war es doch ein Huhn. Doch um ein Ei legen zu können, musste es zunächst – also es ist schon wirklich seltsam, dass gerade die Männer nicht daran gedacht haben. Natürlich konnte das Huhn zwar ein Ei legen, jedoch hätte es darauf brüten können, so lange es wollte, aus dem Ei wäre rein gar nichts ausgeschlüpft. Selbstverständlich konnte das Huhn auch nicht einfach unverrichteter Dinge wieder von der Erdoberfläche verschwinden. Jedenfalls nicht bevor – ja bevor es – auf einen – na? Auf einen Hahn getroffen ist! Ja, endlich! Damit aus einem Ei ein Küken schlüpfen kann, muss

es zuvor durch einen Hahn befruchtet worden sein. Ohne Hahn keine Befruchtung, ohne Befruchtung kein ausbrütbares Ei und ohne ausgebrütetes Ei kein Küken. Unglaublich! Über Jahrhunderte sind Generationen von Menschen morgens durch das Krähen irgendeines Hahnes geweckt worden, doch niemandem ist aufgefallen, dass das sogenannte Henne-Ei-Problem eigentlich ein Henne-Ei-Hahn-Problem ist!

Jetzt müssen wir also die Frage erweitern und die Frage formulieren: Was war zuerst da, das Ei, die Henne oder der Hahn? Lässt sich nun das Problem lösen? Nein! Angenommen das Ei wäre zuerst da gewesen, also eines, das weder von einem Hahn befruchtet, von einer Henne gelegt, noch von Huhn oder Hahn ausgebrütet worden ist. Und nehmen wir weiterhin an, aus diesem ersten ungelegten Ei wäre tatsächlich ein – geben wir der Dame den Vortritt – eine Henne geschlüpft, dann wäre aus diesem Hennenküken, wenn es vom lieben Gott großgezogen und mit Futter und allem was es benötigte versorgt wurde, schließlich eine ausgewachsene Henne geworden. Vielleicht hätte diese Hühner-Eva, zumal es ja keinen Hähnchen-Adam gab, anders als bei den Menschen, keinen Sündenfall begannen. Dann wäre es bis heute unsterblich geblieben und wäre niemals aus dem Hühnerparadies vertrieben worden. Es hätte nie die Notwendigkeit

66

gehabt, unter Schmerzen ein Ei zu legen, um für seine Fortpflanzung zu sorgen. Dann hätte niemals irgendein philosophisch gebildeter Mensch über das Henne-Ei-Problem nachdenken können.

Aber heute gibt es Eier! Ja, es gibt ganze Legebatterien von Eiern und von Hennen, die wie am Fließband Eier produzieren. Zugegebenermaßen nicht zur eigenen Fortpflanzung, sondern zur Ernährung der Menschen und zu deren Geldvermehrung. Nun ja, jetzt sind wir abgeschweift. Wir sind ja immer noch beim allerersten Huhn. Und obwohl ihr kein Hahn beigesellt wurde, hat die Hühnereva doch einen Sündenfall... Nein, also wenn irgendjemand in der Welt wirklich rechnen können muss, dann ist das doch wohl der liebe Gott. Da ist zunächst ein Ei. Aus diesem Ei schlüpft eine Henne, diese Henne legt ebenfalls ein Ei und daraus schlüpft ein Hahn und... dann gibt es natürlich ein Happy-End. Nein kein Ende, sondern der Anfang, der Beginn eines weltweiten grandiosen Hühnergeschlechts! Aber wer hat die Henne befruchtet, damit sie das Ei legen konnte, aus dem der Hahn heranwachsen konnte, der der Urvater aller Hühner werden sollte, wie Abraham bei den Juden? Oder sollte aus dem ersten Ei der Hühner-Abraham selbst geschlüpft sein? Und woher wäre dann die Henne gekommen? Schließlich

konnte der Hahn selbst ja kein Ei legen, aus dem ihm eine Hühner-Eva oder Hühner-Sara hätte heranreifen können. Sollte der liebe Gott auch dem Hühner-Adam oder Hühner-Abraham eine Frau aus den Rippen geschnitten haben? Also eines wird jetzt schon klar, ohne Gott geht gar nichts! Nein jetzt fangen wir nicht auch noch an zu fragen, woher Gott selbst...

Ich wage ja kaum, es auszusprechen, aber jetzt müssten wir wirklich die Frage nach dem Schöpfungsmythos der Hühner neu stellen. Die Frage lautet nun: Was war zuerst da, das Ei, die Henne, der Hahn oder der liebe Gott? Also bisher haben wir die Henne und alternativ den Hahn aus dem Ur-Ei kriechen lassen. Es gibt ja durchaus Schöpfungsmythen, die lassen einen Gott aus einem Ur-Ei schlüpfen. Kann das die Lösung sein? Wir müssen alles in Betracht ziehen. Gott ist aus einem Ei hervorgegangen und hat dann ein Ei, ein Huhn, einen Hahn – nach seinem Ebenbild...? Auch so kommen wir nicht wirklich weiter, denn woher sollte das Ur-Ei gekommen sein, wenn es nicht von Gott höchstpersönlich geschaffen worden ist? Gott ist irgendwie da und schafft den Prototyp des Hühnereis aus dem eine Henne schlüpft, das ein Ei legt, das bringt den Hahn hervor... Es wird immer komplizierter.

Hätte ich mich bloß nicht darauf eingelassen, aber jetzt bin ich soweit gekommen, jetzt will ich auch wissen, wie es weitergeht. Also, wenn das wirklich so weitergeht, dann brauchen wir noch den Osterhasen, der das Ur-Ei dem lieben Gott zu Ostern... oder aus dem der liebe Gott zu Ostern – Nein, nein, nein!

Jetzt weiß ich zumindest, weshalb der Herrgott die Menschen aus dem Paradies vertrieben hat: Weil es ihn kolossal genervt hat, dass die immer so komplizierte Fragen gestellt haben und ihn dadurch von seiner Schöpfertätigkeit abgehalten haben.

Dann, eines lieben Schöpfungstages regnete es und der Mensch saß in seinem Wohnzimmer und ersann das Henne-Ei-Paradoxon. Endlich hatte Gott Ruhe und so schuf er die Hühner und sprach: Ich schaffe euch als Mann und Frau und lege euch ein hübsches Ei ins Nest, das sollt ihr hüten und bebrüten. Und die Hühner lebten glücklich und zufrieden und sie vermehrten sich bis in unsere Tage. Nur der Mensch brütet bis auf den heutigen Tag und kann doch kein einziges Ei legen.

So ist denn das allbekannte, unscheinbar wirkende Lied: »*Wachet auf, wachet auf! Es krähet der Hahn!*«, in Wirklichkeit ein göttlicher Weckruf für die Menschen, aber sie haben es bis heute nicht begriffen!

KANN DER GESUNDE MENSCHENVERSTAND NIEMALS KRANK WERDEN?

Heilkunst und Farbenpracht©

Geschichten aus dem Paradies

Denkzettel Nr. 24 aus *Denkzettel – Die vierte Staffel,*
Erste Auflage 2018

Kann der gesunde Menschenverstand niemals krank werden?

Haben Sie einen gesunden Menschenverstand? Nein, ich bezweifle das durchaus nicht. Natürlich haben Sie den. Selbstverständlich! Aber wer würde es schon zugeben, wenn das nicht so wäre. Einen gesunden Menschenverstand hat praktisch jeder. Das sollte man jedenfalls meinen. Und doch... wenn ich mir angucke, was heute alles für dummes Zeug geredet und oft auch gemacht wird. Entspringt das wirklich immer einem gesunden Menschenverstand? Das sagt einem doch der gesunde Menschenverstand, dass das gar nicht sein kann! Die spinnen, die Römer! Und nicht nur die Römer. Das war schon zu Asterix Zeiten so. Und heute, gut zweitausend Jahre später, ist das, wie jeder unschwer erkennen kann, immer noch nicht anders.

Im Buch der Bücher steht geschrieben, dass Gott am sechsten Schöpfungstag den Menschen schuf, und zwar als Mann und Frau. Ob er ihnen von Anfang an auch den gesunden Menschenverstand mitgab, ist leider nicht dokumentiert. Vielleicht fehlte der ja anfänglich ganz und der gesunde Menschenverstand ist eine spätere Zugabe gewesen. Oder hat der liebe Gott damals womöglich zwei Sorten Menschen geschaffen: Eine Sorte mit gesundem Menschenverstand und eine ganz und gar ohne Menschenverstand? Und die ohne,

die schlugen sich fortan erstaunlich gut im existenziellen Überlebenskampf. Die wurden dann praktisch als Vergleichsgruppe im göttlichen Versuchslabor angelegt. Eine mit weißen Riesen und eine ohne. Nein, das ist natürlich Quatsch. Aber Gott war durchaus zu Experimenten bereit. Im Gegensatz zu den menschlichen Halbgöttern die kompromisslos den größten Blödsinn bis zum krönenden Abschluss treiben, was dann leider oft einem bitteren Ende gleichkommt.

Nehmen wir zum Beispiel die Geschichte von Kain und Abel. Auf jeden Fall fehlte dem Kain der gesunde Menschenverstand. Das sagt ja schon der Name. Kain steht für »*kein Menschenverstand.*« Das wurde früher eben noch mit »*ai*« geschrieben. Schließlich würde ja niemand mit einem gesunden Menschenverstand seinen eigenen Bruder erschlagen. Ob jedoch Abel einen gesunden Menschenverstand hatte, lässt sich heute nicht mehr nachvollziehen. Denn der ist ja bekanntermaßen vorzeitig ausgeschieden. Weil Gott schnell eingesehen hatte, dass die Leute ohne gesunden Menschenverstand durchaus fähig sind, einander einfach zu erschlagen, hat er dem Kain ein Zeichen an die Stirn gemacht und sprach zu den Menschen:

> *»Seht, der gehört in die Versuchsgruppe, den dürft ihr nicht erschlagen, bis ich meine Auswertung fertig habe.«*

Irgendwie muss dem lieben Gott das dann mit der Versuchsanordnung zum Menschenverstand aus dem Ruder gelaufen sein. Jedenfalls ist von dem Ergebnis hierzu nichts nieder geschrieben worden. Heute tragen diejenigen ohne gesunden Menschenverstand kein Zeichen auf der Stirn. Genauso wenig wie die stolzen Besitzer eines gesunden Menschenverstandes. Und so kann niemand von außen erkennen, ob die betreffende Person über einen gesunden, einen kranken oder über gar keinen Menschenverstand verfügt. Es hat jedoch immer wieder Versuche gegeben, diejenigen, die keinen oder einen kranken Menschenverstand haben, irgendwie zu markieren. Meist hat sich im Nachhinein herausgestellt, dass gerade diejenigen, die die anderen markiert haben, selbst den kranken Menschenverstand hatten. Oftmals haben die vorgeblich mit einem gesunden Menschenverstand ausgestatteten die angeblich kranken zumindest verbal, erschlagen. Wie Kain, der eben keinen Menschenverstand hatte. Und dennoch pochen heute so viele Menschen mit den verrücktesten Argumenten auf ihren gesunden Menschenverstand. Etwa mit Sätzen wie:

„Wir sind die Partei des gesunden Menschenverstandes."[1]
Woher wissen die, ob sie einen gesunden Menschenverstand oder überhaupt einen solchen haben? Und was ist, wenn der gar nicht so gesund ist, wie sie es sich

---

1 Andreas Scheuer, CSU Generalsekretär

einbilden? Woher weiß ich selbst, ob mein Menschenverstand gesund ist und nicht krank? Der Volksmund
sagt ja:

>*Wenn Dummheit wehtun würde, müsste der* (gemeint
ist immer jemand anders) *unentwegt aua schreien.*«

Dummheit tut aber nicht weh (ob leider oder zum
Glück, das lässt sich hier nicht klären). Wer dumm ist,
merkt das im Allgemeinen gar nicht! Wenn er es merkt,
ist er schon auf dem Wege der Besserung. Und ein
kranker Menschenverstand tut offenbar – das gilt zumindest für den betreffenden Menschen – auch nicht
weh. Im Gegenteil: Die unbewusst Betroffenen brüsten
sich mit etwas, was sie gar nicht haben! Die Frage ist
also: Wo kann man sich untersuchen lassen, um fest-
zustellen, wie gesund der eigene Menschenverstand tatsächlich ist. Da stellt sich als Nächstes die Frage, ob das
überhaupt jemand wissen will. Solange niemand weiß,
was in meinem Kopf wirklich vorgeht, kann ich auch
jederzeit so tun, als habe ich einen vorbildlich gesunden
Menschenverstand. So kann ich mir selbst was vorma-
chen und vor allem auch den anderen.

In einem Kinderfilm wurde dargestellt, dass es tatsächlich mal möglich gewesen ist, die Gesundheit des
Menschenverstandes zu untersuchen. In der geschilder-
ten Geschichte gab es einen Doktor, der eine ganz ungewöhnliche Heilmethode hatte. Er besaß ein spezielles

76

Fernrohr, mit dem er seinen Patienten in den Kopf schauen konnte. Mithilfe dieses Fernrohrs und eines Spiegels war es ihm möglich, selbst in den Kopf des Patienten zu gelangen, um dort, entsprechend seiner vorherigen Inspektion, aufzuräumen. In einem Fall benötigte er Sturzhelm, Bergstiefel und eine Spitzhacke, weil er sich im Inneren des Kopfes vor dem dort herrschenden Steinschlag schützen musste. Aus dem Kopf eines anderen Patienten kam er mit einer großen Fuhre Stroh zurück. Und dann kam einer, den er besser nicht untersucht hätte. Im Kopf dieses Patienten herrschte ein regelrechter Sturm, denn hier war es vollkommen hohl und leer. Der Träger dieses Kopfes hatte, während sich der Arzt in diesem befand, mit dem Fernrohr herumgespielt, sodass es zu Bruch ging. Der Doktor wäre beinah nicht zurückgekommen. Nur durch List konnte er doch noch aus dem leeren Denkgehäuse entkommen und den Patienten aus seiner Praxis jagen. Doch von nun an war es niemanden mehr möglich, zu untersuchen, wie gesund oder krank der Menschenverstand im Einzelfall sei.

Wahrscheinlich sind diejenigen, die selbst nichts im Kopf haben, so empfänglich für alles hohle Gedankengut, weil sie es so dringend als Beweismittel für das Vorhandensein ihres Menschenverstandes benötigen. Doch ohne gesunden Menschenverstand sind sie nun mal nicht in der Lage ihren gravierenden Irrtum einzusehen. Also

diejenigen, denen der gesunde Menschenverstand fehlt, lassen sich durchaus erkennen. Das lässt sich nicht verbergen. Es müsste ja eigentlich jedem peinlich sein, wenn andere merken, dass man nicht in der Lage ist, seinen Verstand in gesunder Weise zu benutzen. Damit das nicht weiter auffällt, sucht sich so jemand andere Leute, deren geistige Fähigkeiten auf dem gleichen Niveau liegen. Gleich zu gleich gesellt sich gern. *»Bist du krank, oder was?«*, meint: *»Du bist wohl krank im Kopf!«* Es gibt noch viel derbere Bezeichnungen für den kranken Menschenverstand. Aber das wollen wir ja nicht vertiefen. Hier soll es vielmehr um die Frage gehen, wie wir unseren Menschenverstand pflegen, um ihn gesund zu halten. Also eine Art TÜV für den Menschenverstand wird es wohl in absehbarer Zeit nicht geben. Da ist jeder ganz und gar auf sich selbst gestellt. Vielleicht drückt sich der gesunde Menschenverstand durch die vielen klugen Sprüche aus, die im Allgemeinen dem Volksmund zugeschrieben werden. Zum Beispiel der Spruch:

»Es ist noch kein Meister vom Himmel gefallen.«

Wo hat das eine größere Gültigkeit, als beim gesunden Menschenverstand? Warum? Wer sich beim Benutzen seines Menschenverstandes in gesunder Weise auf dem Boden der Tatsachen bewegt und nicht in ungesunder Weise lauter Luftschlösser baut, und sich zu schwindelerregenden geistigen Höhenflügen

aufmacht, um schließlich, wie einst Ikarus, kläglich abzustürzen, ist nun mal kein Meister des gesunden Menschenverstandes. Der Meister begibt sich nicht auf so unsicheres Terrain, dass er *»aus allen Wolken fällt«*, wenn er von der Realität eingeholt wird. Gerade deshalb wird ein wahrer Meister des gesunden Menschenverstandes niemals vom Himmel fallen.

Wenn auch der liebe Gott nicht nur ein paar ausgewählte Persönlichkeiten, sondern jeden einzelnen Menschen mit einem gesunden Menschenverstand ausgestattet hat, so handelt es sich zunächst einmal um eine Fähigkeit. Gott befähigte uns Menschen unseren Verstand in vernünftiger Weise zu gebrauchen. Lassen wir dieses Talent verkümmern, dann ist vom gesunden Menschenverstand bald nichts mehr zu erkennen. Nutzen müssen wir diese, als Vernunftbegabung bezeichnete Anlage schon selber. Tun wir dies nicht, so kann uns der liebe Gott auch nicht mehr helfen. Da hilft eben nur eins: Üben, üben, üben! Denn Vernunft nutzt sich – entgegen der weitverbreiteten Behauptung – nicht ab, sondern kommt, je stärker sie zur Anwendung kommt, zu immer größerer Entfaltung. Und eben das ist es, was den gesunden Menschenverstand gesund hält. Und das ist wiederum eine Weisheit des Volksmundes, also des gesunden Menschenverstandes:

»Übung macht den Meister!«

Nach uns die Sintflut?
Und was ist, wenn uns die Sintflut doch zuvorkommt?

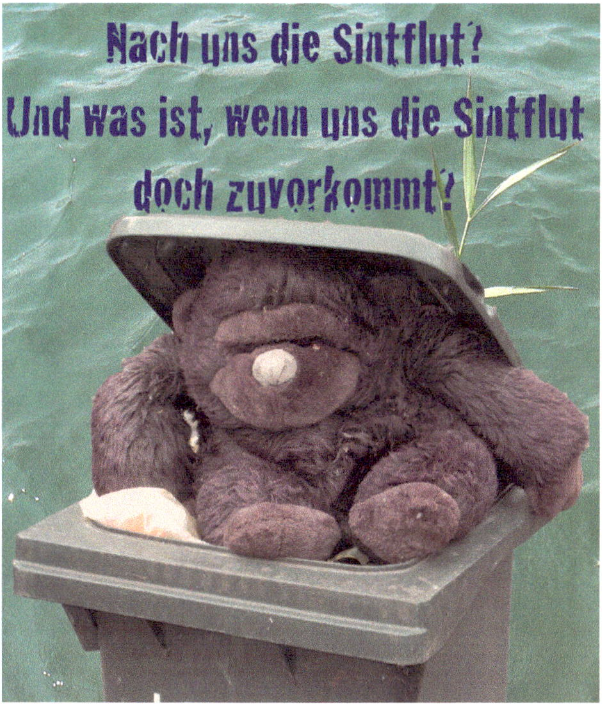

Heilkunst und FarbenPracht©

Geschichten aus dem
Paradies

Denkzettel Nr. 36 aus *Denkzettel – Die vierte Staffel,*
Erste Auflage 2018

Nach uns die Sintflut! Und was ist, wenn uns die Sintflut doch zuvorkommt?

Als Gott sah, wie sich die Menschen benahmen, reute es ihn, dass er sie geschaffen hatte. Und so schickte er eine riesige Sintflut über sie. Nur einen hatte er für gut befunden. Deshalb beauftragte er ihn damit, eine Arche zu bauen, in der alle Tiere Platz haben sollten, und zwar von jeder Sorte zwei. Nur Noah mit seiner Familie und die vielen Tiere waren von Gott auserwählt die große Flut zu überleben. So etwa lautet die offizielle Version dieser Geschichte in der Bibel.

Jetzt will ich mal die Rolle der bebilderten Zeitung übernehmen, die es derzeit noch nicht gab, und sagen, wie es damals wirklich war! Der alte Noah war gar nicht so tadellos, wie wir heute glauben. Der war durchaus sehr gottesfürchtig, aber er hatte, vielleicht als erster Mensch, den heute so häufig benutzen Satz gesagt:

»Nach mir die Sintflut!"

Die Geistlichen hatten schon damals immer wieder die Drohung ausgesprochen:

»Wenn ihr nicht tut, was Gott von euch erwartet, lässt er euch alle in einer riesigen Flut untergehen!«

Noah glaubte schon daran, dass Gott das eines Tages machen würde. Aber er wünschte sich inständig, dass Gott ihn davor verschonen würde. Am besten wäre es, dachte sich Noah, falls das passiert, wenn ich dann

gar nicht mehr lebe. Damals gab es noch sehr wenige Menschen. Die waren durchaus überschaubar. Und so konnte sich Gott noch viel mehr um jeden Einzelnen kümmern. Das Wetter gehörte im Übrigen gar nicht mehr in sein Ressort. Dafür waren die Engel der Urgewalten zuständig. Das nur am Rande. Mit denen stand er jedoch in engem Kontakt, sodass er immer als erstes wusste, wann ein Unwetter oder ein Erdbeben bevorstand. So konnte er auch Noah warnen. Dies tat er jedoch nicht, weil Noah so fromm war, sondern weil dieser nicht bereit war, Verantwortung für sein eigenes Handeln zu übernehmen. Gott wollte Noah eine Lektion erteilen. Deshalb beauftragte er ihn, die Arche zu bauen und die Tiere einzusammeln. Der Bau der Arche war schon anstrengend. Aber dann die vielen Tiere zusammenzutreiben. Welch mühevolle Arbeit! Er durfte ja keines vergessen. Und ob die alle freiwillig mitkamen, ist auch nicht belegt. Die Elefanten zum Beispiel, die lebten auch damals schon in einer Herde und durften nicht einfach die Truppe verlassen. Und wie Noah beim Versuch, die Löwen und Tiger in die Arche zu locken, selbst unbeschadet blieb, bleibt ein Rätsel. Und wie er genau auseinanderhalten konnte, ob er auch wirklich immer ein Männchen und ein Weibchen erwischt hatte... Und was war, wenn das Weibchen das Männchen gar nicht wollte? Oder wenn er versehentlich zwei Männchen

oder zwei Weibchen zusammengebracht hätte? Aus dieser Zeit stammt wohl noch die göttliche Abneigung gegen die Homo-Ehe. Da hätte Gott dann wieder ein Weibchen aus irgendwelchen Rippen schneiden müssen. Oder womöglich auch ein Männchen. War ja offenbar nicht erforderlich. Na ja, und die Dinosaurier waren – zum Glück für Noah – schon vorher ausgestorben. Sonst wäre das ganze Unternehmen Sintflut von vornherein schon ins Wasser gefallen.

Wir hatten früher in der Schule über die Aufgabe mit dem Fährmann, dem Wolf, der Ziege und dem Kohlkopf herumgerätselt. Ihr wisst schon, die Frage war, wen er, mit wem alleine lassen kann, ohne dass was passiert. Wenn das schon ein Problem darstellte, wie hat Noah dass damals mit all den Tieren gemacht, die sich ja gegenseitig Todfeinde waren bzw. sich zum Fressen gern hatten? Schließlich mussten alle ankommen – und zwar lebend! Da musste Noah vorher auf Großwildjagd gehen, denn die Löwen, Tiger, Wölfe und Bären ließen sich ja nicht wie die Pferde mit Strohballen füttern. Und zwar vierzig Tage lang! Für den ganzen Zoo kam da einiges an Nahrung zusammen. Sicher gab es damals noch keine Gesetze, die darüber gewacht hätten, ob Noah die Tiere während der langen Fahrt durch die Fluten allesamt artgerecht gehalten hatte. Das haben die Tiere schon selbst gemacht. Die haben, jeder nach ihrer Art, gemurrt,

geknurrt, gebellt, gebrüllt, geschrien, geschnattert, gekräht usw. Das muss ein riesen Spektakel gewesen sein. Das, worum Gott sich sonst kümmern musste, war nun allein Noahs Aufgabe.

Vielleicht hatte Noah gehofft, er könne sich während der langen Fahrt von den schweren Vorbereitungen ausruhen. Doch als die Arche sich in Bewegung setzte, ging die Arbeit erst richtig los. Die Menschen und die vielen Tiere mussten auf engstem Raum miteinander klarkommen. Und dann waren da ja auch noch die vielen Ertrinkenden, die versucht haben müssen, sich auch auf die Arche zu retten. Obwohl er durchaus einige helfende Hände gebraucht hätte, mussten die alle abgewehrt werden! Da ging es Noah wie dem Fährmann in der Denksportaufgabe. Im Inneren der Arche musste er dafür sorgen, das die Löwen oder Tiger nicht die Zebras, Antilopen oder Büffel fressen, und draußen die in Seenot geratenen zurück in die Fluten stoßen. Und Noah dachte bei allem, was er tat:

»Gott will es so!«

Anfangs trieb die Arche so vor sich hin, aber dann musste das riesige Schiff sicher durch die tosende See gesteuert werden. Wenn er auch nicht die leiseste Ahnung hatte, wo er ankommen würde, so war klar, dass er auf keinen Fall Schiffbruch erleiden durfte. Und alles das konnte niemand anders machen, als Noah selbst. Er konnte einfach keinen anderen damit

beauftragen. Vierzig Tage und Nächte musste er wachen und diesen anstrengenden Dienst leisten. Ganz schlimm war es, als die Stinktiere sauer wurden. In kürzester Zeit breitete sich im Inneren der Arche dieser bestialische Gestank aus und draußen prasselte unentwegt der Regen. Man konnte ja nicht einmal richtig lüften! Und dann produzierten die vielen Tiere ebenfalls eine Menge Mist. Selbst wenn Noah ein Plumpsklo für die Menschen eingerichtet hatte, wo sollten die Tiere ihr Geschäft verrichten? Und vor allem: Wohin mit dem ganzen Mist? Jeden Tag Regenwetter. Vierzig Tage ununterbrochen. Da hätte man keinen Hund vor die Tür gelassen. Aber das ging ja sowieso nicht. Das muss allen ganz schön aufs Gemüt geschlagen haben. Auch für Noahs Frau war das eine anstrengende Zeit. Sie musste jeden Tag etwas anderes kochen, die Kinder bei Laune halten und ihren Mann unterstützen. Vielleicht hatte Noah auch noch eine Meuterei auf der Arche zu durchstehen. Von alledem steht nichts in der Bibel. Auch darüber, ob Noah, als er nach dieser Strapaze an dem rettenden Ufer an Land ging, etwas so pathetisches sprach, wie später Neil Armstrong bei der Mondlandung:

„Ein kleiner Schritt für einen Menschen, aber ein großer Sprung für die Menschheit.",

ist nicht belegt. Auf den Bildern, die diese Szene schildern, verlassen die Tiere wie eine Schulklasse, geordnet

in Zweierreihen, die Arche. Wie viel lieber glauben wir solchen schönen Bildern, als dass wir bereit wären, den Realitäten ins Auge zu schauen?

Später berichteten die Griechen davon, dass Herkules einen riesigen Saustall aufräumen sollte. Dort herrschte solch eine himmelschreiende Unordnung, dass er sich nicht anders zu helfen wusste, als einen ganzen Fluss umzuleiten, der den Mist mit sich fortriss. Schon damals landete der ganze Müll im Meer.

Und heute merken die Menschen, wie sehr sie sich inzwischen danebenbenehmen und wünschen sich mit den Worten: »*Nach mir die Sintflut!*", eine Sintflut herbei, damit niemand sehe, welchen Riesenmist sie gemacht haben. Sie werden einfach nicht mehr Herr der Lage und wollen dennoch eine schnelle Lösung. Und tatsächlich: Wenn ich mir ansehe, welchen Blödsinn die Menschen heute produzieren. Wir werden von einer riesigen Flut von Billigprodukten überschwemmt. Durch die Medien regnet eine Flut von Informationen auf uns nieder. Und das Fernsehen! Wenn das viele Blut, das in den Filmen vergossen wird, in die Kinos und Fernsehzimmer liefe, würden wir allabendlich in dieser Flut ertrinken. Und dennoch dürstet uns nach immer mehr davon.

Dafür ertrinken täglich diejenigen, die sich nicht auf die Arche Europa retten konnten. Das sehen wir auch im Fernsehen. Zu Menschenfischern wollte Jesus

seine Jünger machen. Heute sind es gerade diejenigen, die behaupten, in seiner Nachfolge zu leben, die
die ertrinkenden Menschen, wie es wohl auch Noah
gemacht haben muss, wie lästigen Beifang zurück
ins Meer werfen. Wenn das, was die Bibel über die
Sintflut berichtet, stimmen würde, dann hätte Gott
damals die Menschen vernichtet, weil sie so schlecht
miteinander und seiner Schöpfung umgingen.

Heute sind gerade die letzten Südseeparadiese, am
meisten von der großen Flut bedroht. Denen, die in unseren Tagen den größten Mist machen, droht keine Gefahr. Trockenen Fußes bleiben die auf sicherem Grund
und werden von der Sintflut verschont. Das einzige,
wovon die überflutet werden ist das Geld. Die Pegel
der Aktienkurse steigen und steigen und steigen. Alle,
die nicht zu den *Aktien-Renten-Capital-Haupt-Emp-
fängern*, auch kurz ARCHE genannt, gehören, werden
von den gigantischen Geldfluten weggespült. Endlose
Kapitalströme ergießen sich über sie und reißen alles
fort. Wodurch haben die gesündigt? Weshalb werden
sie von Gott gestraft? Nur die in der ARCHE wähnen
sich in Sicherheit. Heute haben sie weder Tiere noch
Natur gerettet. Sie haben nur sich selbst gerettet – und
ihr Vermögen. Glauben sie, selbst Noah zu sein? Welche Aufgabe wird Gott ihnen abverlangen? Und was
ist, wenn Gott diesmal ihre ARCHE zerschellen lässt –
und die anderen rettet?

Ich leiste was,
also bin ich?

Heilkunst und Farbenpracht©

Geschichten aus dem Paradies

Denkzettel Nr. 45 aus *Denkzettel – Die fünfte Staffel,*
Erste Auflage 2018

Ich leiste was, also bin ich?

Haben Sie sich nicht schon mal gefragt, wer eigentlich die Arbeit erfunden hat? Darüber gibt es verschiedene Theorien. Was davon stimmt, das weiß Gott allein. Ja natürlich! Schließlich heißt es doch, dass Gott die ganze Welt geschaffen hat. Und zwar nur in sechs Tagen. Falls die Angaben in der Übersetzung richtig sind. Dann war das allerdings eine Riesenleistung. Die Physik erklärt uns: Je mehr Arbeit pro Zeiteinheit geschafft wird, desto größer ist die Leistung. Also viel Arbeit in kurzer Zeit bedeutet Höchstleistung. Bis heute ist es den Menschen noch nicht gelungen, alle Steine auf diesem Planeten umzudrehen, die ja – zusammen mit der Tier- und Pflanzenwelt und dem ganzen Kosmos an diesen denkbaren sechs Tagen geschaffen wurden. Doch zunächst musste Gott ja auch die Zeit machen, bevor er sich an die Erschaffung der Welt machen konnte. Vor der Schöpfung hatte Gott noch alle Zeit der Welt. Und mit der Schöpfung begann die Urzeit. Das war zwar noch keine Uhrzeit, aber eben die Urform der Zeit. Und als Gott schließlich auch die Menschen gemacht hatte, fand er, dass er gute Arbeit geleistet hätte und nun ausruhen könne. Einen Tag. Aber der Tag hatte es in sich. Den einen Tag wollte er sich gönnen, aber er kam fortan nicht mehr zur Ruhe. Die ersten Menschen waren nämlich einfach nur Leistungsempfänger. Die wussten nicht so recht, was sie mit sich und ihrem Dasein anfangen sollten. Und was machen Menschen,

wenn ihnen langweilig ist? Sie machen Blödsinn. Das war damals sicher nicht anders, als heute. Gott war in Vorleistung getreten und nun machten die Menschen ihm ständig Arbeit. Dann kam ihm die Idee.

Gott dachte, *Ja, die sind doch im arbeitsfähigen Alter. Die müssen durchaus nicht die ganze Zeit untätig bei mir am Rockzipfel herumlungern. Von alleine gehen die nie. Da muss ich wohl etwas nachhelfen.*"

Kindern gibt man in solch einem Fall die Aufgabe, ihr Zimmer aufzuräumen. Aber die hier waren erwachsen! Und so beschloss Gott, dass sie sich nützlich machen sollten. Um ihre Zuverlässigkeit zu prüfen, gab er ihnen zunächst einen harmlosen Auftrag. Er sah, wie sie am Boden saßen und einfach nur zusahen, wie das Gras wuchs. Ja, die Schöpfung entwickelte sich von Anfang an aus dem Urzustand heraus. Alles veränderte sich. Die ganze Welt blieb nicht so, wie Gott sie geschaffen hatte. Mit der Zeit entwickelte alles eine Eigendynamik oder besser gesagt, ein Eigenleben. Das Gras fing an zu wachsen, die Bäume wurden größer und größer. Sie bekamen nicht nur immer mehr Blätter, sondern ihnen wuchsen auch Früchte. Was sollte Gott mit den vielen Früchten machen? Der zu Anfang so schön aufgeräumte paradiesische Garten geriet immer mehr in Unordnung. Und genauso die Tiere, die Sterne – einfach alles wuchs und wuchs! Wenn das so weitergeht, dachte Gott bei sich, dann wächst mir das alles noch über den Kopf. Aber er musste ja Ruhe bewahren,

denn schließlich war er der Herr im Hause seiner Schöpfung. Jetzt wurde es höchste Zeit, den beiden Menschen eine sinnvolle Beschäftigung zu geben. Als Erstes sollten sie dafür sorgen, dass von dem Baum in der Mitte des Gartens keine Frucht herunterfällt. Wo kämen wir denn hin, wenn hier jeder macht, was er will? Und wenn jeder Baum und jede Blume seine Früchte umher wirft ohne ihn, dem Herrn, um Erlaubnis zu fragen? Kaum war Gott fortgegangen, fiel eine Frucht herunter. Die beiden schämten sich, dass sie nicht richtig aufgepasst hatten. Was sollten sie nun tun? Schnell hob Eva die Frucht auf. Genau in diesem Augenblick hörten sie ein Geräusch. Sie dachten, der Herr würde zurückkommen. Soviel sie konnte, biss Eva von dem Früchtchen ab und reichte es blitzschnell an Adam weiter. Der steckte den Rest eifrig in den Mund und schluckte alles herunter. Doch es war eine Schlange, die durch das Fallen der Frucht aufgeschreckt worden war. Als Gott rief: *„Adam, wo bist du?",* sagte der nicht: *„Hier bei der Arbeit."* Der kannte ja noch gar keine Arbeit. Welch paradiesischer Zustand! Nein er sagte: *„Ich bin im Urlaub!"* Er war zusammen mit Eva in den Baum gekrabbelt und sie hatten sich ganz oben im dichten Laub versteckt. An dem Baum war tatsächlich noch Urlaub. Also das Laub, von dem alles andere Laub abstammt. Doch bald war es auch im Paradies vorbei mit dem Urlaub. Denn sogar die Luft bewegte sich immer heftiger und fegte kräftig durchs Paradies. Bald flogen

nicht nur Früchte, sondern auch jede Menge Blätter zu Boden. Die Schlange wurde fast vollkommen davon bedeckt und rief erschrocken durchs Paradies:

„Das Ende naht!"

Als Gott das hörte, war seine Geduld bald zu Ende.

„Also von einer Schlange lass ich mir nicht ins Handwerk pfuschen. Wann hier Schluss ist, das bestimm' ich allein! Hier wartet auf jeden Einzelnen noch gehörig viel Arbeit. Wenn jeder richtig zupackt, dann wird das auch noch lange weitergehen."

Nach einer kurzen Pause setzte er nach:

„Ich sage euch, wir schaffen das!"

Die Schlange zischte zurück:

„Das kann niemand leisten!"

Kaum zu glauben, dass es nach diesem göttlichen Donnerwort Widerworte gab. Jetzt sprach Gott als Chef:

„Wenn ich das sage, ist das auch möglich. Und wenn es dir nicht passt, kannst du ja Staub fressen! Ich weiß schon, wer am besten dazu geeignet ist, das zu leisten."

Er blickte sich um und suchte die Menschen. Wieder war von Adam und Eva keine Spur. Noch immer voller Zorn rief er erneut nach seinem Erstgeschaffenen:

„Adam, wo bist du?"

Doch Adam und Eva rührten sich nicht. Die waren total dickfellig. Und deshalb trauten sie sich einfach nicht, dem Herrn unter die Augen zu treten.

„Was ist denn das?",

rief Gott entrüstet aus, als er die beiden dann doch in den beurlaubten Ästen zu Gesicht bekam?

„Ich hab euch doch ohne Fell gemacht, damit ihr einander besser lieb haben könnt. Und außerdem, kann ich euch so besser von den Affen unterscheiden. Schließlich habe ich mit euch noch etwas Großes vor!"

Vor Schreck fielen Adam und Eva aus dem Baum. Zusammen mit all den Früchten, die sie vor dem verbotenen Fall retten wollten. Nun war es aus! Sie wollten ihre Arbeit ja gut machen, aber es ging eben nicht. Das Fell mochte Gott gar nicht an ihnen und er beschloss, das sogleich zu ändern. Zur Verwunderung von Adam und Eva fielen mit ihnen nicht nur alle gesammelten Früchte zu Boden. Von ihnen fiel auch das gerade erst gewachsene Fell ab. Nur bei Adam blieb noch ein Rest im Gesicht, den er fortan als Bart bezeichnete. Dieser Tag aus der Urgeschichte wurde fortan als der Tag des Abfells der Menschen bezeichnet. Spätere Übersetzer neigten zur Übertreibung und haben daraus mal den Abfall der Menschheit und mal eine Geschichte vom verbotenen Apfel gemacht. Die Geschichte ging jedoch noch weiter. Kurz nachdem Adam wie ein gerupftes Huhn am Boden saß, und er darüber nachsann, was das alles zu bedeuten habe, fiel ihm ein dicker Apfel direkt auf den Kopf. Er dachte, wenn das mit dem freien Fall für Eva, für mich selbst und für die Äpfel gleichermaßen gilt, dann muss das ein Gesetz sein. Und er nannte

dies künftig: *„Das Gesetz vom freien Fall."* Das Fallen geht ohne eigenes Zutun, aber Aufstehen oder Aufheben bedarf der Eigenleistung. Adam nannte den Baum, von dem sie gefallen waren, den Baum der Erkenntnis, weil er durch ihn diese Erkenntnis hatte. Gott lobte Adam für seine geistige Leistung und sagte, dass es nun Zeit wäre, dass sie beide auch körperlich etwas leisten. Hatten sie vor dem Fall nicht einmal gewusst, wer sie wirklich waren und weshalb Gott sie geschaffen hatte, gelangten sie nun zu einer weiteren Erkenntnis. Genau genommen war das ihre Selbsterkenntnis, die in dem Spruch mündete: *„Ich leiste was, also bin ich!"* Nachdem Gott Adam und Eva aus dem Urlaub geholt hatte, wurden sie, im wahrsten Sinne des Wortes, mit Arbeit zugeschüttet. Dem lieben Gott selbst war inzwischen auch ein Bart gewachsen. Und Adam war stolz, dass er dem Herrn immer ähnlicher wurde. Gott war es nicht entgangen, dass alle Bäume, nicht nur im Paradies, sondern weltweit, übervoll mit Früchten waren. Die mussten aufgehoben und eingesammelt werden. Das sollte die Arbeit der Menschen werden. Selbstverständlich konnten sie die aufessen. In der Überlieferung aus diesen frühen Tagen der Menschheit heißt es:

»Gott gab den Menschen allerlei Früchte zu essen.«

Davon gab es reichlich! Und nicht nur im Paradies. So schickte Gott Adam und Eva hinaus in die Welt, damit sie sich von den Früchten der Erde ernähren und dort

für Ordnung sorgen sollten. Wenn das oft auch eine schweißtreibende Arbeit war, so waren sie doch stolz darauf, sich durch Eigenleistung eine Existenz aufbauen zu können. Zunächst lebten sie von der Hand in den Mund. Was sie vom Boden aufhoben, aßen sie sofort auf. Die vielen Früchte konnten sie gar nicht alle essen. Doch sie mussten ja für Ordnung in der Natur sorgen. Adam fragte sich, wie sie das alleine leisten sollten? Gott wusste Abhilfe und sagte ermutigend:

»Seid fruchtbar und mehret euch!«

Und das taten sie auch. Schließlich hatten sie alle Hände voll zu tun. Generationen neuer Erdenbürger lebten nur, um zu arbeiten. Diese ersten Menschen wurden als Riesen bezeichnet, nicht weil sie so groß waren, sondern, weil sie so Großes leisteten. Bis heute haben sich so manche Chefs als Vertreter Gottes auf Erden aufgeführt und wie dieser ihren Untergebenen zugerufen:

„Wir schaffen das!"

Hat Gott wirklich auch die Chefs gemacht? Sie säen nicht, sie pflügen nicht, sie ackern nicht, und doch ernten sie immer die dicksten Früchte – unserer Arbeit! Denn in Wirklichkeit ist der Aufstieg der gesamten Menschheit den vielen Einzelnen zu verdanken, die sich in unendlich vielen Generationen, seit Adam und Eva an der Erkenntnis orientierten:

„Ich leiste was, also bin ich!"

Ich liebe, also bin ich?

Heilkunst und Farbenpracht©

Geschichten aus dem Paradies

Denkzettel Nr. 49 aus *Denkzettel – Die fünfte Staffel,*
Erste Auflage 2018

Ich liebe, also bin ich?

Es heißt doch immer: *»Das Größte aber ist die Liebe!«* Ja, und irgendwann wollte ich es einfach mal wissen: Wann kam die Liebe ins Spiel? Die Frage beschäftigt mich, weil meine Mutter, sobald sie in der Küche war, das Radio laufen ließ und mir ein Schlager nicht mehr aus dem Kopf ging: *»Die Liebe ist ein seltsames Spiel.[1]«* Seit frühester Kindheit sage ich *»Der liebe Gott.«* Und es heißt: *»Suchet und ihr werdet finden!«* Und ich habe gefunden. Ja, wirklich. Ich habe nämlich – manchmal zumindest – einen heißen Draht nach oben. Und die Antwort hängt natürlich mit der Liebe zusammen. Die Antwort kam Stück für Stück. Dazu muss ich ganz von vorne anfangen. Bei null. Bei der Erschaffung der Welt. Auch wenn die Erschaffung der Liebe da gar nicht erwähnt wird, ist sie da – von Anfang an! Gott schuf die Erde, den Himmel, den Tag, die Nacht, das Land und das Meer, die Gestirne, die Luft und schließlich alle Pflanzen und Tiere. Und dann schuf er *die* Menschen, gebot ihnen fruchtbar zu sein, sich zu mehren und die Erde zu füllen, auf die er sie gesetzt hatte. Gott schuf *die* Menschen nach seinem Bilde. Und zwar als Mann und Frau. Und dann – oder außerdem? – schuf Gott *den* Menschen namens Adam. Und *den* Menschen setzte er in den Garten Eden. Nachdem die Schöpfung abgeschlossen war, sollte der von ihm geschaffene Mensch alle Geschöpfe beim

1 Conny Francis, 1964

103

Namen nennen. Pflanzen und Tiere sollten einen eigenen Namen bekommen. Natürlich war es Adam dabei
aufgefallen, dass es von jeder Tierart zwei Formen gab.
Eben eine Männliche und eine Weibliche. Wie Gott-
vater selbst wohl weder männlich noch weiblich oder
eben alles beide gleichermaßen ist, hat er auch *den*
Menschen, eben den Adam, in dieser Weise gemacht.
Als Adam sah, wie viel Spaß die Tiere miteinander hatten, fühlte er sich bald ganz allein gelassen. So schnitt
ihm der Vater aus einer Rippe eine Frau. Bis heute sagen alleinstehende Junggesellen, wenn sie keine Frau
finden können: *„Ich kann mir doch keine aus den Rippen schneiden!"* Der Vater konnte das schon, aber das tat
er nur ein einziges Mal. Danach nie wieder. Jedenfalls
waren Adam und seine neue Frau Eva, wie man heute
sagen würde, aus einem Holz geschnitzt. In dem Fall
aus einem Knochen, eben aus Adams Rippe. Die Rippe
fehlt dem Mann bis heute nicht, aber wenn er die pas-
sende Frau nicht findet, dann fehlt ihm was. Mit dieser
Geschlechtertrennung begann bei den Menschen die
Sehnsucht danach, wieder eins zu werden, weil sie ja ursprünglich mal zusammen gehörten. Wenn Adam die
Rippe anschließend gar nicht fehlte, dann ergeben sich
doch ganz neue, vielleicht noch nie gestellte Fragen:
Wieso hat der liebe Gott Adam von vornherein mit einer überzähligen Rippe gefertigt? Oder war das Teil der
göttlichen Performance, dass er ihm später aus dieser

Rippe eine Frau herbeizaubert? Auf jeden Fall muss die Rippe direkt über Adams Herzen gelegen haben. Dadurch hat sich bei ihm das Herz für seine Frau geöffnet. Bis heute spüren wir die Verbundenheit von Liebe und Herz. Liebe muss vom Herzen kommen, sonst ist es keine wahre Liebe. Da höre ich wieder den alten Schlager und merke, wie alt der wirklich ist:

»Die Liebe ist ein seltsames Spiel,
sie kommt und geht von einem zum andern.«

Hatte Adam vor der Erschaffung Evas einzig und allein seinen Schöpfer geliebt, so liebt er nun Eva. An dieser Stelle kommt die Schöpfungsgeschichte zu der Erkenntnis, dass ein Mann Vater und Mutter verlassen wird, um einer Frau ganz nah zu sein. Und beide sehnen sich danach (wieder) eins zu sein. Deshalb stimmt es gar nicht, dass Adam und Eva aus dem Paradies vertrieben wurden, weil sie gesündigt hätten. Vielmehr hatte es die beiden genervt, dass sie nie ungestört sein konnten. Kaum hatten sie sich in eine Liebeslaube zurückgezogen, kam ein Affe, ein Rindvieh oder sonst wer. Auch der Vater ließ sie nicht in Ruhe. Bis sie die Idee hatten, einen Cherubim zu beauftragen, den Eingang zu ihrer Liebesinsel zu bewachen, um ungebetene Gäste abzuhalten. Als der Vater sie nach langem Suchen doch fand, beichteten sie ihm, dass sie inzwischen um ihre Nacktheit wussten. Der Herr wusste natürlich, was daraus folgt. Die beiden ahnten jedoch noch nicht, dass

sie neun Monate später Zuwachs bekommen würden.
Es war das erste Kind von Adam und Eva. Die paradiesische Zeit war vorbei. Das geht auch heutigen jungen Eltern so. Doch wenn die Liebe fruchtet, wird alles anders. Die Freude ist groß. Und die Liebe! Ja, die Liebe. So heißt es in dem alten Lied:

»Die Zukunft schien uns beiden sonnenklar...
bis alles plötzlich so verändert war.
Die Liebe ist ein seltsames Spiel.«

Das Buch der Bücher schildert nichts von der Liebe der Eltern zu ihrem Kind. Nichts von der Liebe, die sie beide verband. Ausführlich beschreibt es, wie der erste von Eva, der Urmutter, geborene Mensch seinen Bruder erschlug. Und wie die ersten Menschen eine Sünde begangen indem sie von der verbotenen Frucht der Liebe aßen. Gott war erzürnt über den erkenntnisreichen Apfelbiss, und drohte mit den Worten: Eva soll unter Schmerzen Kinder gebären und Adam soll sein Brot im Schweiße seines Angesichts essen. Dann heißt es, Adam erkannte seine Frau und sie wurde schwanger. War das die Frucht vom Baum der Erkenntnis? Bis heute steht die Frage unbeantwortet im Raum:

»Kann denn Liebe Sünde sein?«

Die beiden fühlten sich nackt und hilflos und entwickelten das Bedürfnis, selbst Schutz und Geborgenheit zu geben. Erst durch die Nacktheit lernten sie, zu lieben. Erst das Erleben und Empfinden von Leere, weckt die

Sehnsucht nach Fülle. Erst die Distanz zum anderen, schafft die Anziehungskraft und das Bedürfnis nach Nähe. Und das alte Lied klingt weiter in meinem Ohr:

»Sie nimmt uns alles, doch sie gibt auch viel zu viel. Die Liebe ist ein seltsames Spiel.«

Ist es nicht die Eifersucht, die angeschlichen kommt, wie eine Schlange und einem hinterrücks in die Fersen beißt? Wer hat die Zwietracht gesät, wo doch Liebe sein sollte? War es wirklich die Schlange? Und warum hat der Vater ihr die Macht gegeben das zu tun? Kein anderes Tier ist namentlich in der Schöpfungsgeschichte erwähnt. Warum sollte die Schlange größeren Einfluss auf die Menschen haben, als Gott selbst? War er eifersüchtig, weil Adam nun Eva mehr liebte, als ihn, seinen Vater? Warum hat Gott die ersten Menschen aus dem Paradies vertrieben und den getriebenen Kain geschont? Hat Kain sich nicht gegen seinen Bruder Abel versündigt? Vom Apfel zum Abel. Hatte der Schöpfer Abel bevorzugt und dadurch Kain gegen seinen Bruder erzürnt und eifersüchtig gemacht? War es Kains verspätete Rache an Gott für die Vertreibung aus dem Paradies? Ohne Schuld war für ihn die Tür zum Garten Eden verschlossen. Adam und Eva handelten in guter Absicht. Kain handelte in böser Absicht. Nein, in dieser Geschichte ist noch lange nicht alles gesagt. Adam und Eva reagierten auf die Anfeindungen gleichmütig. Sie sagten sich: *»Das Größte aber ist die Liebe!«*

Und als erster Mensch, der vom Vater gezeugt und von der Mutter geboren wurde, verlässt Kain Vater und Mutter, jedoch nicht, um einer Frau ganz nah zu sein. Denn er liebt nur sich selbst. So wie er keinen anderen wirklich lieben kann, so kann auch er nicht wirklich geliebt werden. Er bleibt immer ein Getriebener. Er hat sich selbst aus dem Paradies vertrieben. In Wirklichkeit war Kain die verbotene Frucht. Durch die Liebe zwischen Adam und Eva kam Kain in die Welt. Kain war der erste von einer Mutter geborene Mensch. Und nicht Gott, sondern Adam war der Vater! Und so verweigerte Gott ihm die Liebe.

Nein, nicht nur das Böse ist in die Welt der Menschen gekommen, in Form von Eifersucht, Zwietracht, Rache und Mord. Mit keinem Wort wird erwähnt, dass auch das andere in die Welt kam: Die Liebe! Und mit ihr kamen Zuversicht, Zärtlichkeit, Fürsorge, Geborgenheit, Hoffnung und Glaube. Die uns die urzeitliche Geschichte erzählten, waren wohl so sensationssüchtig, dass sie die wichtigere Hälfte der Geschichte vergaßen! Sie haben uns nichts von der vielleicht größten Erkenntnis der Menschheit berichtet: Die Erkenntnis, dass die Liebe das Gute im Menschen weckt! Hätten die Menschen seit Adam und Eva die Liebe nicht gehabt, sie hätten sich längst selbst vernichtet. Nicht obwohl die Bosheit in ihnen wohnt, haben die Menschen überlebt, sondern weil vor allem auch die Liebe

in ihnen wohnt. So heißt es von Adam, er sei 930 Jahre alt geworden. Von Eva ist lediglich der sogenannte Sündenfall erwähnt. Wurde sie ebenso alt und blieben die beiden zeitlebens zusammen? Dann dürfte die Ehe gut 900 Jahre gehalten haben! Wie groß muss die Liebe gewesen sein, die sie so lange füreinander empfanden? Gott muss von dieser Liebe beeindruckt gewesen sein, denn er beauftragte die Menschen, es diesen beiden gleich zu tun und verkündete durch Moses das Gesetz:

»Du sollst deinen Nächsten lieben wie dich selbst; Ich bin der Herr.« 3. Mose 19. 18

Dies ist eine Forderung Gottes an den Menschen. Doch Liebe lässt sich nicht erzwingen. Auch nicht durch Strafandrohung. Erst durch Jesus hat Gott sich gewandelt vom strafenden zum liebenden Gott. Nicht nur die Menschen sollen sich lieben. Auch Gott selbst, so verkündet er durch Jesus, liebt die Menschen:

»Das ist mein Gebot, dass ihr euch untereinander liebt, wie ich euch liebe.« Johannes 15. 12

Und von Jesus sagte er:

»Dies ist mein lieber Sohn, an dem ich Wohlgefallen habe.« Matthäus 3. 17

Hätte er das schon zu Kain gesagt, wäre der Menschheit viel Leid erspart geblieben. Erst durch die Liebe wird der Mensch zum Menschen. Nicht die Sünde, sondern diese Erkenntnis haben wir von Adam und Eva geerbt:

»Ich liebe, also bin ich!«

Die alte Geschichte von Jonas neu erzählt

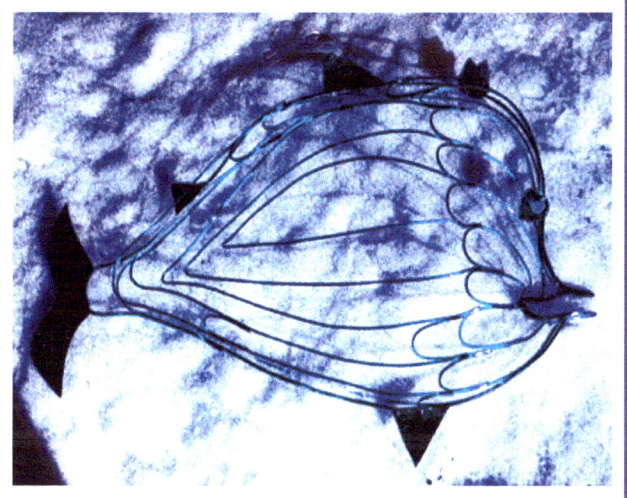

Geschichten aus dem Paradies

Aus: *Die Wiederkehr der Morgenlandfahrer – Der Roman, der zur Quelle führt,* S. 111, Erste Auflage 2015

Die alte Geschichte von Jonas neu erzählt

Irgendwann drängt es jeden Einzelnen vom Bund der neuen Morgenlandfahrer zum großen Aufbruch. Dann hält ihn nichts mehr auf, weil er genau spürt, er wird seinen Morgenstern wiederfinden. Schon viele sind dabei über sich hinaus gewachsen und haben auf dieser Fahrt die größten Taten ihres Lebens vollbracht. Morgenlandfahrer gab es zu allen Zeiten. Das waren schon immer sehr unterschiedliche Menschen, mit weit voneinander liegenden Zielen und Taten. Gemeinsam war und ist ihnen nur eins: Den Ruf in sich zu hören und nur ihm folgen zu wollen. Mancher vernahm seinen Ruf schon als Kind, ein anderer erst im späten Lebensalter. Denn er tritt für jeden anders in Erscheinung. Manchmal sind es Erlebnisse, oft aber auch Geschichten früherer Morgenlandfahrer, Menschen, die den Mut hatten, trotz aller Gefahren, ihrem Stern zu folgen und ihn damit in diese Welt zu tragen, um sie zu bereichern. Mir gefällt in diesem Zusammenhang der Spruch von Martin Luther:

»Hier stehe ich und kann nicht anders.«

Das war ihm gewiss nicht leicht gefallen, wie vielen anderen Morgenlandfahrern auch. Doch er ist standhaft geblieben. Die Größe solcher Menschen und Taten besteht gerade darin, den widrigen Umständen oder äußeren Feinden nicht auszuweichen, ihren Morgenstern nicht preiszugeben, sondern nur ihm zu vertrauen.‟

„Ja, wenn du davon sprichst, fällt mir ein, als ich ein kleiner Junge war, hatte ich mit großer Begeisterung die Geschichte von Moses gehört. Lange Zeit war es mein größter Wunsch gewesen, ebenfalls solch eine Aufgabe zu bekommen. Ich betete jeden Abend darum, aber nichts geschah. Kein Gott erhörte mich, stattdessen hab' ich jahrelang abseits von Menschen und Wirklichkeit in meinem Turm gehockt und dem Geschehen tatenlos zugesehen."

„Mir ging das so mit Kolumbus. Die Entdeckung Amerikas. Wie gerne wäre ich – damals war ich 11 oder 12 – ein großer Entdecker geworden. Ich wollte lossegeln, so wie Kolumbus. Aber man erklärte mir, heute gäbe es nichts mehr zu entdecken."

„Das sind Kinderträume, die träumt wohl jeder."

„Natürlich, doch nur wenige machen was draus."

„Was soll man denn daraus machen? Wir sind eben zu spät gekommen. Uns fehlt das Glück, zur richtigen Zeit am richtigen Ort zu sein und außerdem noch die passenden Freunde und das Geld. Wir sind nun mal zu keinen großen Taten berufen. Wir müssen uns, wie die meisten Menschen, mit einem ganz normalen Leben zufriedengeben. Wir sind weder Luther, Moses noch Kolumbus, sondern ganz unbedeutende Menschen."

„Ich glaube, die großen Gestalten der Geschichte hatten irgendwie das Gespür für die Zeichen ihrer Zeit."

„Das sag' ich ja, einige wenige bekommen eine göttliche Aufgabe, aber die meisten gehen leer aus, mit ihnen führt Gott keine Gespräche."

„Wenn du das denkst, dann will ich euch die Geschichte von Jonas erzählen, wie ihr sie vielleicht noch nie gehört habt."

„War Jonas denn auch ein Morgenlandfahrer?"

„Jonas wohnte sozusagen schon im Morgenland, seine Heimat lag in Israel und er lebte etwa in der zweiten Hälfte des achten vorchristlichen Jahrhunderts."

Magnus dachte an die letzte Nacht mit Sara. War das nicht ein Geschenk Gottes? Vielleicht sprach Gott ja auch zu ihm und er hatte es bisher nicht gehört. Wie gerne würde er sich wünschen, dass mit Sara eine große Liebe beginnen werde. Ach, warum war sie jetzt nicht hier? Magnus sah wieder Daniel an, der gerade anfing, die Geschichte von Jonas zu erzählen. Hatte er den Anfang schon verpasst? Nein. Gerade hörte er Daniel sagen:

„Nun hört seine Geschichte!"

Immer wieder musste er an die Worte des Propheten denken. „Oh heiliger Jesaja, du kündest uns vom Strafgericht Gottes. Nicht ein Gott, wie ihn die heidnischen Völker haben, die Philister, die Ägypter, die Syrer, die Edomiter und vor allem die Assyrer. Du kündest uns vom wahren und einzigen Gott, dem Gott, der Himmel und Erde geschaffen hat und alles, was darin ist. Der Könige groß werden und selbst die mächtigsten und prächtigsten Königreiche, wenn es seinem Willen gefällt, untergehen lässt. Und hat er nicht Moses gestärkt, damit dieser sein Volk, das Volk Israel aus Ägypten führe? Josua ließ er siegen über die Ammoniter, die Gibeoniter und alle Könige, dass er das Land Kanaan in Besitz nehme, was ihm Gott verheißen hatte. König David gab er den Sieg über die Philister, die Moabiter, die Edomiter und die Aramäer. Er schenkte König Salomon große Weisheit und den größten und prunkvollsten Palast!"

Doch Jonas wurde traurig, denn der Glanz des Reiches war schon lange dahin. Israel fürchtete nicht Gott den Herrn, sondern den König von Assyrien. Sie richteten immer wieder Pfähle auf den Höhen auf, um der Fruchtbarkeitsgöttin Aschera zu huldigen und sich geschlechtlichen Ausschweifungen hinzugeben. Sie ließen nicht ab davon, diesen Götzen Baal anzubeten. Doch den Gott Israels fürchteten sie nicht. So setzte Jonas sich in den Staub und betete viele Tage zu Gott und trug ihm seine Trauer vor und sprach:

„JAHWE oh, JAHWE, unser HERR! Seit Urväter Zeiten legtest du das Schicksal vieler Völker in die Hand Israels. Du bist der wahre, allmächtige Gott, wie oft hast du uns dein Wohlwollen gezeigt. Doch seit drei Generationen richtet sich schon dein ganzer Zorn gegen die Nachkommen Jakobs. Willst du uns immer neue Strafen schicken? Das alte Reich ist geteilt. Und in einen erbitterten Bruderkrieg ziehen Juden gegen Juden, zieht Israel gegen Juda. Ja, wir haben gefehlt. Wir haben gesündigt. Haben falsche Götzen angebetet. Haben uns verführen lassen, zu einem Leben, wie es all die Völker um uns her tun. Den Assyrern müssen wir Tribut zahlen, damit sie uns nicht vernichten. Sie berauben uns, denn ihr ganzer Glanz und Reichtum ist Raub. Raub und Hurerei! Ninive, das ist die schöne Hure, die mit Zauberei Land und Leute an sich gebracht hat. Sie hat mehr Händler, als Sterne am Himmel sind. Ischtar heißt die furchtbare Himmelsgöttin, die sie durch Tempelprostitution verehren. Doch warum, oh Gott lässt du dies alles zu? Lass uns Wunder sehen, wie zurzeit, als Moses aus Ägypten zog.

An vielen Tagen hatte Jonas so gebetet. Doch, wo war Gottes Antwort? Das Leben ging genau so weiter wie zuvor. Gott machte sich durch nichts bemerkbar. Wäre da nur ein Zeichen gewesen. Oh, Jonas wollte ihm dienen und der Welt von seiner Größe berichten, doch Gott schwieg beharrlich. Und Jonas betete bald nicht mehr an jedem Tag, sondern nur noch an jedem zweiten. Dann ließ er es eine ganze Woche ausfallen und einmal hatte er sich zwei Monate lang nicht mehr zum Beten hingesetzt. Da hörte er plötzlich die Stimme Gottes:

„Ich habe dein Beten und Flehen gehört. Sag, wo warst du die letzten Tage? Zwei Monate ist dein Gebet nicht mehr zu mir gelangt. Wie klein ist dein Glaube, dass du so schnell aufgibst? Doch ich will dir ein Zeichen geben, ein Zeichen meiner Treue zu Israel, denn ich will seinen Namen nicht austilgen. Damit Israel sehe, dass ich sein Helfer bin, sollst du, Jonas, mein Prophet sein. Verkünde dem Volk Israel von meiner Größe. Gehe zu deinem König Jerobeam dem Zweiten und sage ihm, ich will ihm die Gebiete Damaskus und Hamat bis ans Salzmeer geben. Doch dann mache auch du dich auf und gehe in die große Stadt Ninive. Stelle dich inmitten der Stadt und predige gegen sie, so wie du zu mir gegen sie geredet hast. Sage ihnen, wenn es mein Wille ist, so werde ich Ninive für ihre Bosheiten bestrafen und die ganze Stadt austilgen und all ihre Bewohner vernichten. Nun gehe, und tue, wie ich dir gesagt habe."

Jonas erschrak. Er bekam große Angst und fürchtete sich sehr. Predigte nicht auch Amos in Bethel gegen Samaria und weissagte Israels Untergang und den Tod unseres Königs? Ihn hatte der Priester Amazja aus Israel vertrieben, weil er den König mit seinen Reden erzürnte. Gewiss konnte Jonas zu seinen König gehen, denn dieser würde ihn freudig aufnehmen, wenn er ihm von unserem HERRN die Botschaft bringe, wollte doch Gott ihm keinen Untergang, sondern den Sieg über die Gebiete Damaskus und Hamat bis ans Salzmeer geben. Wie konnte er aber nach Ninive ziehen, um dort zu predigen, der Zorn Gottes wäre über sie gekommen und er wolle sie allesamt vernichten? Würde man ihn, da er ein Fremder in Ninive war, nicht ergreifen und töten, wenn er gegen Ninive redete? Oder würden sie ihn verspotten, weil ihre Stadt die größte und wehrhafteste sei? Es hieß, die Mauern um Ninive wären 50 Ellen hoch und 40 Ziegel dick. Um die ganze Stadt sei ein Graben gezogen von 90 Ellen Breite. Und es gäbe unsagbar viele Wehrtürme.

Jonas machte sich bald danach auf, um, wie ihm Gott geheißen hatte, vor seinem König zu sprechen. Der hörte ihn wohl an, doch wollte er keinen weiteren Propheten mehr haben. Deshalb wies er einen Diener an, ihm ein Säckchen Silber zu geben, und ließ Jonas wieder gehen. Enttäuscht nahm er den Lohn, dankte dem König und verließ den Palast. So habe ich doch wenigstens etwas Geld für meine Reise nach Ninive, dachte Jonas, als er die Stadtmauern von Samaria durchschritt. Nachdem er eine Weile gewandert war, überkam ihn eine große Angst und er wusste nicht, ob er sich mehr vor den Assyrern oder vor Gott fürchtete. Er wollte weit weg. Die Phönizier, so wusste er aus Erzählungen, hatten weit im Westen, am äußersten Rand der Welt eine Stadt errichtet, die sie Tarsis nannten. Diese Stadt, im heutigen Spanien gelegen, befand sich nicht nur im äußersten Westen, sondern auch auf dem europäischen Festland. Dorthin wollte er reisen, um Gott aus den Augen zu kommen, denn es war das Abendland, in dem die Sonne allabendlich unterging, um am nächsten

Morgen nach geheimnisvoller Reise durch die Unterwelt im Osten wieder aufzugehen. Eilig zog er hinauf nach Jafo, dort fand er einen Schiffer, der ihn nach Tarsis bringen wollte. Jonas übergab ihm das Geld, das er vom König erhalten hatte und legte sich unten im Schiff schlafen, denn er hatte einen beschwerlichen Weg zurückgelegt. So müde war er, dass er sogar noch schlief, als das Schiff in einen fürchterlichen Sturm geriet und die ganze Besatzung um ihr Leben bangte. Das war Schwerstarbeit für jeden Mann. Mit aller Kraft stemmten sie sich, Mann für Mann, gegen die Wucht von Wind und Wogen. Erst still für sich, doch bald immer lauter, betete jeder Einzelne zu dem Gott, an den er glaubte. Und als ihre Furcht immer größer wurde, schrien sie alle und flehten um göttliche Hilfe. Doch ihr Schicksal schien besiegelt. Da schrie einer im Zorn, dass Jonas nicht bei ihnen war und nicht mit ihnen kämpfte. Sie holten ihn an Deck, damit auch er helfe, das Schiff und ihrer aller Leben zu retten. Als Jonas vom Tosen des Meeres, vom peitschenden Sturm und dem verzweifelten Schreien der Männer fast umgeworfen wurde, packte ihn der starke Arm des wütenden Schiffers. War das die Strafe Gottes? Würde Gott ihn nun durch die Pranken dieses Mannes erwürgen oder wollte er die ganze Mannschaft mit ihrem Schiff in den Fluten untergehen lassen?

„Ich weiß es, auf dir lastet ein Fluch und deshalb reißt du uns alle ins Verderben!"

Ein anderer Seemann sprach:

„Halt, lass ihn, wenn sein Gott uns in diese Gefahr bringen kann, dann muss er uns auch wieder erretten. Bete zu deinem Gott, dass er uns vor seinem Zorn bewahre, denn wir waren es nicht, die ihn erzürnten."

Jonas betete und sagte sodann zu den Männern, was er getan hatte.

„Werft mich ins Meer, denn über mich ist der göttliche Zorn gekommen. Ihr aber sollt am Leben bleiben."

„Will dein Gott uns denn zu Mördern machen? Seht, die Küste ist wieder in Sicht, lasst uns sehen, dass wir dort an Land gehen können. Dann sind wir alle gerettet und an unseren Händen klebt kein Blut."

Sie konnten trotz allergrößter Anstrengungen das Schiff nicht gegen den Sturm bewegen.

„Du, Gott des Hebräers bist der Mächtigste. Rechne es uns nicht an, wenn wir deinen Diener da ins Meer werfen, hast du es uns doch befohlen!" Die Männer nickten einander zu und dann warfen sie Jonas schweren Herzens ins Meer. Kaum hatten sie das getan, da ließ der Sturm nach und die See wurde ruhig. Sie schauten aufs Meer, ob sie Jonas noch sehen könnten, doch der war untergegangen. Völlig erschöpft setzten sie sich hin und beteten zu Gott, dessen Macht sie erkannt hatten und sie beteten auch für die Seele von Jonas.

Jonas hatte sich nicht lange über Wasser halten können. Schnell war er weit hinab in die Tiefe gesunken. Bis auf den Grund. Nein das war nicht der Meeresgrund. Es war der Leib eines gigantischen Fisches. Der Fisch würde ihn fressen, noch bevor er ertrunken wäre. Gleich spürte Jonas, wie seine Kräfte schwanden. Er wurde direkt in den weit geöffneten Mund des großen Fisches getrieben. Dann verlor er das Bewusstsein. Als er wieder zu sich kam, befand er sich im Bauch des Fisches. Er lebte noch. Hatte Gott ihn gerettet, damit er in den ekeligen Innereien des Fisches, in dem es stank und fürchterlich

eng war, zugrunde ginge? Jonas war erneut bedroht. So gut
es ging, richtete er sich ein, um zu Gott zu beten. Von der
Allmacht Gottes sprach er, und davon, wie Gott ihn vorm
Ertrinken gerettet hatte, wie er nun in diesem Fisch sitze, aus
dem er mit Gottes Hilfe errettet werden würde. Auch von seiner Reue beichtete er Gott und er versprach ihm zum Dank
für seine Befreiung aus dem Fisch, jedes Opfer zu erbringen,
das Gott ihm auferlegen würde und seine Gelübde gegenüber
seinem HERRN wollte er nun erfüllen. Viele Hundert Male
betete Jonas zu Gott. Je länger er in diesem lebendigen Kerker
saß, desto inniger und leidenschaftlicher wurden seine Gebe-
te. Für ihn war es eine Ewigkeit, wusste er doch nicht, wie
lange er so würde ausharren müssen. All die Ängste und die
dunkelsten Seiten seiner Seele wurden in ihm wach. Die Enge
und die Ungewissheit waren irgendwie zu ertragen, doch die
Geister und Gespenster, die aus seiner Seele emporstiegen
und Macht über ihn gewannen, waren die größten Qualen.
Nie zuvor hatte sich Jonas so allein und gottverlassen gefühlt.
Denn soviel er auch betete, auf Gottes Antwort wartete er
vergebens. Doch gerade diese Qualen waren es, durch die er
zurück zu den inneren Quellen seiner Kraft fand. Schließlich
war er wirklich bereit, die Gott gegebenen Gelübde zu erfüllen. Wie lange hatte er in diesem engen Verlies zugebracht,
waren es Jahre? Es mag vielleicht nur drei Tage und drei
Nächte gedauert haben, bis der Fisch Jonas wieder ausspuckte
und er an Land gespült wurde. Doch es war ein anderer Jonas:
einer, den die eigene Unterwelt wieder ausgespuckt hatte.

Es dauerte nicht lange, bis er die Stimme Gottes hörte,
der ihn erneut aufforderte, die Reise anzutreten, um in der

Stadt Ninive zu predigen, was Gott ihm befehlen würde. Und diesmal zögerte er nicht, den Weg Richtung Ninive einzuschlagen. Er fand noch etwas von dem Silber, das er vom König bekommen hatte in seinem Gewand. Zum Glück hatte er nicht alles dem Schiffer gegeben. So konnte er sich ein Kamel und genügend Proviant eintauschen, denn es würde viele beschwerliche Tagesmärsche dauern, bis er an die Tore von Ninive käme. Und er musste noch Waren eintauschen, damit er als Händler in die Stadt kommen konnte. Einen Bettler würden sie erst gar nicht hineinlassen. Es war früher Morgen, als Jonas durch das große Stadttor nach Ninive hineinging. Er ging einfach weiter und sah die vielen Menschen und deren Treiben, sah die Häuser und Paläste. Schon dachte er, wie schade es sei, dass Gott dies alles zerstören wollte. Als er sah, dass es Abend wurde, da lief ihm plötzlich eine junge Frau entgegen. Sie sagte, sie sei sehr arm und bat ihm um ein Almosen. Da gab Jonas seine Handelswaren her, die er doch nicht brauchte. Sie lächelte ihm zu und bat ihm in den Tempel der großen Ischtar, damit sie sich ihm dort anbieten könne, als Dankopfer der Ischtar. Jonas erschrak. Eine Tempelhure! Und er berichte ihr, weshalb er gekommen war, dass Gott, der Allmächtige die ganze Stadt vernichten würde, wenn seine Menschen nicht abließen von ihren Sünden. Das Mädchen bekam es mit der Angst zu tun und lief davon. Sie erzählte überall von dem seltsamen Fremden und vom nahen Untergang. So verbreitete sich die Nachricht schnell in der ganzen Stadt und sie war bald in aller Munde. Jonas stellte sich auf einen großen Platz und fing an, die Worte, die Gott ihm eingegeben hatte, zu predigen. Vierzig Tage sollten sie Zeit haben, dann würde Gottes Zorn die Stadt und all ihre Bewohner vernichten. Jeden Morgen stellte er sich auf diesen Platz und sprach von der Größe Gottes. Und die Menschen fürchteten diesen mächtigen Gott und fragten Jonas, was sie tun müssten, um das drohende Unheil abzuwenden und Gott gütig zu stimmen. Auch der König schickte einen Gesandten, um zu erfahren, wie er Gott huldigen könne. Nachdem Jonas drei Tage gepredigt hatte, erging der königliche Befehl an die gesamte Bevölkerung von Ninive: Ein jeder solle weder Essen noch Trinken zu sich nehmen und sich in Lumpen hüllen und all seine bösen Taten bereuen, damit Gott absehe von seinem grimmigen Zorn gegen die Menschen von Ninive. Und als Jonas sah, dass die ganze Stadt gottesfürchtig geworden war und fastete, verließ er Ninive und schlug außerhalb, gegen Osten, sein Zelt auf. Dort wartete er und beobachtete, was mit der Stadt geschehen würde. Das Zelt war angenehm in der Nacht, aber tagsüber war es darin viel zu heiß. Deshalb freute er sich sehr darüber, dass direkt neben seinem Zelt in kurzer Zeit eine riesige Pflanze mit großen Schatten spendenden Blättern gewachsen war. Am Tage legte Jonas sich darunter und konnte so seinen Kopf vor der sengenden Sonne schützen. Mit jedem Tag, den er so liegend und wartend verbrachte, wurde er ungeduldiger und wütender. Er betete zu Gott und beschwerte sich darüber, dass er, Jonas diesen beschwerlichen Weg auf sich genommen habe, um Ninive vom bevorstehenden Untergang zu predigen. Doch statt seinen Zorn zu beweisen, zeige Gott nun seine Langmut und Barmherzigkeit, weil die Menschen von Ninive seit einigen Tagen fasteten und ihre Sünden bereuten.

„Ach warum hast du mir den Sturm geschickt, als ich nach Tarsis fahren wollte? Warum hast du mich aus dem Bauch des Fisches gerettet? Warum ließest du mich von deiner Stärke predigen, wenn du sie ihnen dann doch nicht zeigst? Ach hättest du mich doch im Meer ertrinken oder von dem Fisch wirklich fressen lassen, so lass mich jetzt lieber sterben!"

Am nächsten Tag sah Jonas, dass die schöne, Schatten spendende Pflanze verdorrt war und er musste fortan schutzlos in der heißen Sonne sitzen. Das verärgerte ihn und er haderte erneut mit Gott und wünschte sich seinen Tod herbei. Gott sprach zu Jonas: „Warum beklagst du dich über den Tod dieser Pflanze? Wünschtest du nicht der ganzen riesigen Stadt und all seinen Menschen den Tod? Was hast du getan, um diese Pflanze zu errichten? Sie ist gewachsen ohne dein Zutun und sie ist eingegangen ohne dein Zutun."

„So will ich lieber gleich sterben, als heimzukehren von meiner mühseligen, aber sinnlosen Reise, denn welchen Sinn hatte mein Leben, wenn du mich schicktest, Ninive den Untergang vorauszusagen und deine Stärke zu preisen, wenn du ihnen nun statt deiner Stärke, deine Güte, Barmherzigkeit und Langmut zeigst?"

„Was sind die Anstrengungen deines Lebens wert? Vor all den Mühen, die deine Aufgabe von dir verlangte, bist du davongelaufen. Ich weiß, welchen Fleiß und welch große Mühen die Menschen von Ninive erbracht haben, um diese große Stadt zu errichten, in der mehr als hundertzwanzigtausend Menschen leben und bald ebenso viele Tiere. Bevor du kamst, hatten sie von keinem Unrecht gewusst und nun soll ich sie deshalb verderben?"

„Sie haben gegen deine Gebote gesündigt und dennoch bestrafst du sie nicht!"

„Du kennst das Gebot, du sollst nicht töten, doch verlangst du tausendfachen Mord. Weder die Schiffer noch die Menschen von Ninive trachteten nach deinem Leben, obwohl du es warst, der sie in große Not gebracht. Sie kannten erst meine Gebote, als du sie ihnen sagtest. Niemand von ihnen hatte gelobt, mir zu gehorchen. Doch du, Jonas, gelobtest mir Treue und flohst vor mir. Als du in Not warst, da riefst du um meine Hilfe. Und ich habe dich, der du gegen mich gesündigt hast zweimal gerettet und dir meine Güte erwiesen. Geh zurück in die Stadt, damit du ihre vielen Stimmen hören kannst, die mich jetzt um Hilfe anrufen!"

Es war eine ganze Weile still, nachdem Daniel zu Ende geredet hatte. Magnus sah erst Luigi und dann Daniel an und überlegte dabei, was er mit dem Jonas zu tun haben könnte und warum Daniel gerade diese Geschichte erzählt hatte.

„Ist es deutlich geworden, wie Gott Zwiesprache mit Jonas hielt und ihn allerlei Prüfungen auferlegte?"

„Aber groß wurde Jonas dadurch nicht."

„Den großen Namen hatte sein Zeitgenosse Jesaja."

„Jesaja bekam den Ruhm, und er die Prügel."

„Ganz so krass würde ich es nicht sehen. Wenn Jonas auch im Außen nicht viel von seinen Zielen erreicht hat, aber in seinem Seelenleben hat er etwas sehr Wertvolles bewirkt."

„Du meinst, als er in dem Fisch saß?"

„Wenn du genau hingehört hast, ist dir sicher nicht entgangen, mit welcher Offenheit Jonas von seiner Seelenreise berichtet."

„Ja, der Jonas hatte wirklich Courage, wie er seine Fehler und Schwächen offen darlegte, davon gibt es heutzutage nur wenige, die sich das trauen."

„Genau genommen ist es ja auch Teil der Botschaft dieser Erzählung: Willst du die Welt ändern, so ändere dich selbst."

„Was, wie man hören konnte, mindestens genauso anstrengend ist."

„Das stimmt auf jeden Fall. Dennoch ist dem Jonas etwas Erstaunliches gelungen, als er in dem, ihm fremden Ninive war."

„Man hat ihn nicht gleich davongejagt."

„Er hat sich gleich Gehör verschafft."

„Die Menschen von Ninive haben schließlich – und zwar aufgrund seiner Predigt – ihr Leben grundlegend geändert."

„Das haben sie – allerdings nur aus Angst."

„Wie Jonas auch, denn erst in der größten Not war er Gottes treuester Diener."

„Jonas, die Schiffer und die Bürger von Ninive ehrten Gott, indem sie ihn fürchteten. Doch Gott wollte, dass die Menschen ihn lieben."

„Das gilt bis heute: Ihren Stern sollen sie lieben und aus freiem Herzen folgen und nicht aus Furcht vor ihm fliehen."

„Das bedeutet, seinen eigenen Gott zu erkennen und sein Diener zu sein."

„Und nicht Sklave seiner Angst."

„Ich bin das Licht, wer mir folgt, wird nicht in der Finsternis wandeln, so sprach Jesus. Für uns heißt das: Folgst du dem Christus in dir, so folgst du deinem Stern. Alles andere ist unbedeutend. Du kannst es loslassen oder verlieren, doch dieser Verlust ist ein Gewinn. Denn du gewinnst Klarheit, sobald dein wahres Licht leuchtet. Alles, was dir bisher den Blick auf dein Licht verstellte oder es verdunkelte, ist dann verschwunden."

„Sagtest du nicht vorhin, man solle sich selbst lieben und nun erzählst du, dass all das unbedeutend und überflüssig ist?"

„Was ich dir sagen will, ist Folgendes: Du kannst verärgert sein, verbittert und ängstlich oder dich deprimiert fühlen, doch du bist nicht die Verärgerung, die Verbitterung, die Angst oder die Depression. Schau genau auf diese Gefühle, aber nimm sie nicht auf in dein Herz. Und wenn sie schon Teil von dir geworden sind, betrachte sie genau und auch, was sie mit dir machten, doch dann lass sie wieder los und folge ihnen nicht weiter."

„Du hast leicht reden, du tust, als ginge das so einfach, als ob man nur mal eben zu schnippen bräuchte und man wäre alle Sorgen los."

„Das hab´ ich nicht gesagt. Es ist eine fortwährende Übung. Wir nennen sie: Verfüge frei über deine Gefühle."

„Habt ihr diese Übung auch gemacht?"

„Jesus nannte es: Leugne dich selbst. Doch du sollst dich nicht selbst aufgeben. Dein Selbst soll frei sein darin, über die vielen auftretenden Gefühle und Stimmungen zu verfügen. Benütze sie, aber lass dich nicht von ihnen benutzen. Das ist die zweite Übung für die Mitglieder der neuen Morgenland-fahrer."

Wenn Daniel Geschichten erzählt, dann horchen alle auf. So hatten sich, während Magnus und Luigi aufmerksam Daniels Worten lauschten, noch viele weitere Zuhörer eingefunden. Sie wollten sich bei Daniel bedanken, indem sie gemeinsam das Morgenlandfahrerlied vom inneren Stern sangen:

Wenn dein Stern am Firmament aufgeht,
Mut und Kraft dir auch zur Seite steht.
Was immer du beginnst, wird dir gelingen,
mit Liebe kannst du wahre Freude bringen.

Folg' deinem Morgenstern, folg' deinem Morgenstern,
scheint er auch fern.

Es wurd' ein Licht dir in dein Herz gegeben,
das leuchtet dir und leitet dich durchs Leben.
Früh morgens ist ein Stern dir aufgegangen
zeigt dir, auf welchen Weg du sollst gelangen.
Der Stern kann dir die Ziele nennen,
doch dein Innerstes muss dafür brennen.

Folg' deinem Morgenstern, folg' deinem Morgenstern,
scheint er auch fern.

Lass niemals dich von deinem Licht ablenken,
du kannst getrost deinen Besitz wegschenken.
Was immer auch geschieht, du bist nie verloren,
aus deinem wahren Licht wirst du neu geboren.

Folg' deinem Morgenstern, folg' deinem inn'ren Licht,
vergiss es nicht!

Magnus rief erstaunt: Das klingt doch wie unser Lied vom
Bundt! Der Text war natürlich anders.

Melodie: Aquarius, aus dem Musical Hair

Wo ist der liebe Gott geblieben?

Einst erwachten die Menschen aus tiefer Nacht.
Sie hatten es zum eigenen Bewusstsein gebracht.

Einen Gott brauchten sie dringend in dieser rauen Welt
und hatten ihn schnell auf marmorne Sockel gestellt.

Man durfte fortan nur ihm allein preisen und loben.
Bald hatten sie ihn auf einen goldenen Thron gehoben.

Von oben sollte er künftig sein Reich überschauen,
denn sie fingen an, ihm riesige Tempel zu bauen.

Damit niemand ihnen diesen Gott streitig macht,
hatten sie ihn bald auf den höchsten Berg gebracht.

Von den Gläubigen wurde er in den Himmel gehoben.
Fortan empfingen sie die göttliche Botschaft von oben.

Die Verliebten schweben gemeinsam auf Wolke Sieben,
dem Himmel so nah – so lange sie sich wirklich lieben.

Doch unten, in ihrem irdischen Treiben gefangen,
können sie einfach nicht an das Göttliche gelangen.

Sie selbst müssen sich nunmehr zum Himmel erheben,
dann kann das Göttliche wirken in ihr irdisches Leben.

Denkzettel Nr. 28 aus *Denkzettel – Die dritte Staffel*,
Erste Auflage 2017

Denkzettel Nr. 11 aus *Denkzettel – Die zweite Staffel*,
Erste Auflage 2016

Denkzettel Nr. 2 aus *Denkzettel – Die ersten zehn*,
Erste Auflage 2016

Denkzettel Nr. 29 aus *Denkzettel – Die dritte Staffel*,
Erste Auflage 2017

Denkzettel Nr. 23 aus *Denkzettel – Die dritte Staffel*,
Erste Auflage 2017

Denkzettel Nr. 1 aus *Denkzettel – Die ersten zehn*,
Erste Auflage 2014

Denkzettel Nr. 24 aus *Denkzettel – Die vierte Staffel*,
Erste Auflage 2018

Denkzettel Nr. 36 aus *Denkzettel – Die vierte Staffel*,
Erste Auflage 2018

Denkzettel Nr. 45 aus *Denkzettel – Die fünfte Staffel*,
Erste Auflage 2018

Denkzettel Nr. 49 aus *Denkzettel – Die fünfte Staffel*,
Erste Auflage 2018

Aus: *Die Wiederkehr der Morgenlandfahrer –
Der Roman, der zur Quelle führt*, S. 111,
Erste Auflage 2015

Die Bücher von Norbert Wickbold

finden Sie auf den folgenden Seiten

Als Jubiläumsausgabe erscheint:

Auszug aus
fünfzig
Denkzetteln

120 x 190 mm,
116 Seiten

Zum Anliegen der Denkzettel

Hier werden in einer locker erscheinenden Reihe durch oftmals ungewöhnliche Denk- und Sichtweisen in humorvoller, oder besinnlicher Weise Lebensthemen erörtert. Jeder Denkzettel hat eine Titelseite und ist auf sieben kleine Textseiten beschränkt. Ursprünglich waren die Zetteltexte gedacht, um interessierte Leser zu ungewohnten Denkweisen anzuregen. So nannte ich sie Denkzettel. Jeder Band umfasst zehn Texte, die fortlaufend durchnummeriert sind. Inzwischen sind fünf Bände erschienen. Diese Texte sind durchaus nicht immer ganz ernst zu nehmen. Vielleicht kommen Sie bei deren Lektüre ins Schmunzeln und es fällt Ihnen anschließend leichter, Altbekanntes neu zu betrachten und es auf bisher ungeahnte Weise zu bedenken.

Geschichten aus dem Paradies

Tb: € 12,80 (D)

geb: € 19,80 (D)

e-Book: € 2,99 (D)

ISBN:
978-3-7323-2611-2 (Tb.)
978-3-7323-2612-9 (geb.)
978-3-7323-2613-6 (e-book)

Denkzettel 1 bis 5, je

Tb: € 9,50 (D)

geb: € 17,50 (D)

e-Book: € 2,99 (D)

ISBN:
978-3-7323-2611-2 (Tb.)
978-3-7323-2612-9 (geb.)
978-3-7323-2613-6 (e-book)

Der Roman, der zur Quelle führt:

Die Wiederkehr der Morgenlandfahrer

Die Idee der Morgenlandfahrer Hermann Hesses wird hier wieder aufgegriffen und mit hochaktuellen Themen verknüpft: Auf der einen Seite steht eine gigantische, den Globus beherrschende Wirtschaftsmacht und ihr gegenüber befindet sich die entmachtete Gruppe der vielen. Ein paar wenige wagen es, um ihr Grundrecht auf sauberes Wasser zu kämpfen und bringen das Machtgefüge der Weltmacht an seine Grenzen. Der Roman:

Die Wiederkehr der Morgenlandfahrer

gibt Hoffnung auf die Kraft von Einzelnen, die ihre innere Quelle gefunden haben. Hier geht es darum, seinem Stern zu folgen und daraus Kraft für die Bewältigung auch sehr schwieriger Aufgaben zu ziehen. Die Reise der Morgenlandfahrer ist eine Reise durch die innere Wüste seiner eigenen Seele. Es ist eine Reise zur inneren Quelle. Sieben Künste weisen den Weg dorthin. Jeder findet seinen eigenen Weg. Der Leser bekommt einen spannenden Roman vorgelegt, der Hoffnung machen will, dass auch eine globale Bedrohung überwindbar ist. Er kann sich ohne Weiteres in einer der Hauptfiguren wiederfinden und erhält somit schnell einen eigenen Bezug zu Thema und Inhalt des Romans. Und er kann sich auf seinen eigenen Weg zu seiner eigenen Quelle begeben!

336 Seiten € **18,50** (D) Tb

ISBN:
978-3-8495-9890-7 (Tb.)
978-3-8495-9891-4 (geb.)
978-3-8495-9892-1 (e-book)

Die Gedichte und Gedanken:
Was seht ihr denn?
42 Gedichte und Gedanken

Wie viele Gedanken gehen uns durch den Kopf und ziehen sehr schnell wieder weiter? Einige hinterlassen bleibende Spuren, andere geraten bald wieder in Vergessenheit. Neue Ereignisse und neue Gedanken verdrängen unsere Gedanken von gestern.

Einmal innezuhalten! Dies alles von ferne nur zu betrachten. Es aufzuschreiben, um die Gespenster, die in unseren Hirnen spuken, zu vertreiben.

Hier sind sie versammelt:
42 Gedichte und Gedanken aus drei ereignisreichen Jahrzehnten, die tatsächlich in Worte festgehalten und niedergeschrieben wurden. Sie sind manchmal sehr persönlich oder poetisch, mal politisch und manchmal eher philosophisch.

Format: 120 x 190 mm,
60 Seiten

Tb: € 7,50 (D)

geb: € 13,50 (D)

e-Book: € 2,99 (D)

ISBN:
978-3-7323-1126-2 (Tb.)
978-3-7323-1127-9 (geb.)
978-3-7323-1128-6 (e-book)

Der Ratgeber zum Älterwerden:

Wer weiß, wie wir mal werden?
Selbstentwicklung kreativ fürs Alter nutzen

Im Alter würdevoll Leben, möglichst ohne Leiden zu müssen, dass wünschen sich viele Menschen. Ist das möglich? Nach 22 Jahren Arbeit in der Altenpflege, behaupte ich: Ja!

Es ist möglich, wenn wir bereit sind, unser Leid anzunehmen. Dann können wir es wandeln. Mithilfe unserer Lebenserfahrung, der Kunst und verschiedener therapeutischer Ansätze können wir einen inneren Wandel vollziehen und den Abbau- und Sterbeprozess kreativ wandeln in einen Aufbau- und Integrationsprozess.

Das Buch vereint viele Beispiele aus der Praxis, der Kunst, der Dichtung und der Forschung und zeigt sieben Wege zum kreativen Altwerden auf.

Wer weiß, wie wir mal werden?

384 Seiten, mit vielen, teils farbigen Abbildungen

Tb: € 24,49 (D)

geb: € 30,80 (D)

eBook: € 2,99 (D)

ISBN:
978-3-8495-9811-2 (Tb.)
978-3-8495-9812-9 (geb.)
978-3-8495-9813-6 (e-Book)

Die Seminarbücher zu:

Sieben Wege zum kreativen Älterwerden

Mit dem persönlicheren Du möchte ich dich einladen, auf sieben Wegen in dir die Seelenanteile zu entdecken, die dich befähigen, auch im Alter eine Persönlichkeit zu sein, die souverän und weise ihr Leben führt.

Einführung
Das Lebensschiff bis ins
hohe Alter souverän steuern

1. Weg:
Die Bilder deiner Seele
sprechen lassen

*Deine Krisen bewältigen
und deine Träume leben*

2. Weg:
Die Biografie als
Gestaltungsaufgabe

*Dich neu entdecken im
Verwirklichen deiner Ziele*

3. Weg:
Dreh Dich nicht um!
Deine Blockaden lösen

*Deinen eigenen Schritt
im Tanz des Lebens finden*

4. Weg:
Auf künstlerischen Wegen
der Weisheit entgegen

*Im Wandel des Lebens
deine eigene Form finden*

5. Weg:
Empfangen der Würde
im Alter

*Dir Gegebenes und dir
Gelungenes wertschätzen*

6. Weg:
Mit Worten malen

*Deinem Werden und Wandel
eine Stimme geben*

7. Weg:
Wer weiß, wie wir mal werden?

*Die Teile deines Lebens
zum Ganzen zusammenführen*

Zu jedem dieser Wege werden Seminare angeboten.
In lockerer Folge erscheinen Themenbücher, die unabhängig voneinander durchgearbeitet werden können.

Der Autor:

Norbert Wickbold

1973- 1984 Lehr- und Gesellen-
        jahre als Elektriker,
        drei Semester Physik-
        Studium, UNI Bremen
1985- 1989 Diplom-Studium in
        Kunsttherapie/Kunstpä-
        dagogik und freie Arbeit als
        Dozent für künstlerische und literarische Kurse
1994 Altenpflegeausbildung, Arbeit als Altenpfleger
2001 Fortbildung zur Fachkraft Gerontopsychiatrie
2002 Abschlussarbeit: Kunsttherapie im Alter
2003 Beginn der schriftstellerischen Arbeit
2005- 2012 Leitung von Gedächtnistrainingskursen
2008- 2010 Master-Studium in Erwachsenenbildung
2007 Fertigstellung der 1.Fassung des Romans:
        • *Die Wiederkehr der Morgenlandfahrer*
2008 • *Norbert Wickbolds kleine Denkzettel*
        starten mit: *Das Henne-Ei-Paradoxon*
2010 • *Vom Sinn des Lebens, des Sterbens und der
        Aufgabe des Alters* in Heft 23 der Zeitschrift:
        »Psychosynthese«, Navo-Verlag, Zürich
2014 • *Wer weiß, wie wir mal werden?* wird im
        Tradition-Verlag, Hamburg veröffentlicht
2015 • *Die Wiederkehr der Morgenlandfahrer* und
        • *Was seht ihr denn? – 42 Gedichte und Gedanken*
        • *Denkzettel – Die ersten zehn*
2016 • *Denkzettel –die zweite Dekade(Staffel)*   sowie bis
2019 • *Denkzettel – dritte bis fünfte Staffel*
        Geplant für
2020 • *Geschichten aus dem Paradies*
        • *Sieben Wege zum kreativen Älterwerden – Einleitung*
        • *Denkzettel – sechste Staffel*

Weitere Infos:

Norbert Wickbold
n.wickbold@heilkunstundfarbenpracht.info
www.heilkunstundfarbenpracht.de

Bücher erhältlich über
www.tredition.de/buchshop/